青春選讀

魯迅

目次

編輯室報告

又一名直擊煉蠱現場的瘋人

逗點文創結社 總編輯
陳夏民

談到描寫複雜人心的小說家，我第一個總想起魯迅。

魯迅身處動盪的大時代，以文字記錄百姓痛苦掙扎的身影。他筆下的故事，無論主角或配角，總有遭逢巨變而壞掉的人。他們可能成為故事中那鄉里皆知的瘋人或是無賴，或換上一張灰撲撲了無生趣的臉，永遠活在過去，沒有未來。

儘管筆法中性，沒有太多抒情詞彙，我們仍能在這中國鄉間畸人們的群像速寫中，讀到一名知識分子的憐憫之心。但魯迅並不濫情，也沒忘記各個角色身處的階級。他把原本該停的筆鋒再往下帶，把這些人為了生存不惜踩踏他者的形象記錄下來。就算沒有描述細節，情節有時還有點反高潮，但讀者總能在魯迅的作品中嗅到「人吃人」的血腥氣味。

故事中，那些活得理所當然的喧囂配角，總愛把酸臭的「世間道理」往其他人身上砸，他們都是巨大煉蠱場裡頭的倖存者，卻永遠不是蠱王。這群身處食物鏈末端的活飼料，穿梭躲藏於斷臂殘肢的縫隙，吞噬更弱小的飼料，嘲笑他們不長眼、不懂進退、不懂圓滑的生存之道，殊不知更大的生物正虎視眈眈。

雖然殘酷、直白、冷峻，但在他作品中往往會出現一個身影，彷彿自己的化身，面對時局之顛簸，以帶點笨拙、格格不入的態勢旁觀一切，偶爾嘆息，發散出濃厚的不確定。

那或許是一名知識分子在面對當時中國處境的真實心境。就算滿腹焦慮，亟欲走上街頭抓著一個人又一個人地對他們訴說，要他們看見真相、起身反抗，卻又擔心受怕被認為是街坊的另一名瘋子——是那樣的無能為力。

這就是魯迅，如此慈悲、憤怒，如此不合時宜。其著作讓我們看見人性的易於操控與複雜，是冷峻的警告，也是彆扭的溫柔提醒：要活得像一個人，不要失去做人的資格。

領讀

永不過時的精準切面

小說家
劉芷妤

做為近代最為知名的中國作家，魯迅的眾多作品之中，以短篇小說尤其為人熟知。多數的台灣人，即使沒有真的讀過，也絕對聽過這位小說家的赫赫大名，甚至我們還經常在社群媒體中，看見〈孔乙己〉的其中一段，彷彿迷因一般，在各種現實情境中被改寫為諷刺時事之作，熱門程度，幾乎像是香港電影黃金時代的周星馳電影經典台詞。

而這或許也證明了，魯迅的小說裡所呈現的荒謬百態與人情炎涼，並未隨著時移日往而改變，此刻在台灣的我們，也和魯迅筆下雖是虛構卻再現實也不過的魯鎮人們一樣，上演著角色不同、戲碼則大同小異的瑣碎鬧劇。

說是「瑣碎」，這瑣碎卻是以小觀大、見微知著。魯迅擅長處理小人物的生活切片，每一刀下去都是俐落精準，坦露出人性縮影中的核心本質，這樣的核心本質極其暴烈，說是地心熔岩都不為過，但魯迅的小說雖直指荒謬，卻很少「直說」其荒謬，讀者經常需要具備觀察力、同理心，以及某個程度的人間歷練，才能看出魯迅淡筆白描的小鎮人情裡，檯面下藏著多麼冷酷又燒灼的風暴。

魯迅經常以平實的文字來鋪排畫面，無論是人物的細微肢體動作，或是整個大環境的描述與形容，都具備了在短而簡單的文句內就能迅速在讀者腦海中建構舞台、活躍角色的能力，甚至讓周邊看似不相關的風景草木、針線燈火，都與角色看似不經意的尋常話語，一同強化了故事的主旨——這樣深厚的功力，別說是一位成功的小說家，說他是一位優秀的導演或許也不為過。

在魯迅的小說裡，主題經常是人類的涼薄與愚昧，然而涼薄與愚昧之所以難寫，是因為讀者經常就是他筆下涼薄與愚昧的其中一分子，作者直寫便顯得尖銳，讀者未必接受得了；筆鋒稍微收斂，可能又讓對於世事人情不敏感的讀者輕易看過便罷。

比方說本書的第一篇〈明天〉，前幾個段落便寫出了深夜裡，兩個男人，一邊喝著酒一邊聽著酒店隔壁寡母病兒的動靜，聽著沒了聲音，還好奇著「小東西怎麼了」，魯迅從這寡母病兒隔壁的酒店細節寫起，再將鏡頭轉回寡母病兒身上，這看似多此一舉的場面調度卻極其高明，自然地帶出了這寡母病兒由外及內的處境險峻。

母子倆沒有當家的男人可以依靠，加上窮與病，日子自然是苦的，但這段外部的描寫又所為何來呢？這時我們或許可以更仔細地想想：兩個男人一邊喝著酒為何一邊留意著隔壁的聲音細節呢？他們是擔心孩子的病情，還是另有心思？這線索可以從兩個男人做了什麼以及沒做什麼推敲，紅鼻子說完「小東西怎麼了」之後，藍皮老五接的半句話是「你又在想心思」，而被藍皮老五打了一下之後，紅鼻子又喝酒哼歌了起來，這是他們「做了什麼」。另一方面，也不妨從他們「沒做什麼」去琢磨：若是擔心孩子病情，他們本該有什麼動作卻沒有。

這樣一來一往的思量，便顯出了這個看來也沒有什麼特殊劇情的場面安排，有其深意。而回到前些段落所說的：魯迅既把這個時刻與場景俐落地切片下來了，但切片下含藏的深意是否能推敲得出，全憑讀者有沒有足夠的觀察力、同理心與歷練。

讀魯迅時，除了佩服他的切片精準細膩，人物嘴臉躍然紙上之外，也深感這樣平實的文字帶來的畫面，說不定與魯迅學醫的背景相關，他想必非常清楚「點出病灶」的重要性，也知道一般人也許願意接受自己身體有病，但心理有病卻是萬萬不能接受，因此下手落筆的輕重，也必須點到為止。

本書第二個故事〈藥〉，也省不了這推敲與咀嚼的工夫。〈藥〉與〈明天〉說的都是父母想要治好孩子的病，但這個故事裡所用的手段比起看醫生更為激烈，是一個人血饅頭。既是一個人血饅頭，那就要有人吃、有人買、有人砍頭，也要有人被砍頭，看似是個聳動題材，但故事前半段，在「人血饅頭」真正出場的時刻，是沒有任何角色說出這四個字的，甚至連描述時都小心翼翼似地避開，卻在故事中段，用一種粗魯莽撞的方式擲出這四個字，其中人血饅頭在道德灰色地帶的「誰在意」與「誰不在意」，不言而喻。

我尤其鍾愛其中一段街坊碎嘴雜談：一群不相干的人議論著遭自家人出賣的革命義士被關進牢裡，獄卒想從他的家人身上揩油水未果，居然還被這階下囚曉以大義，氣得獄卒出手打了死囚，眾人聽到這裡還連聲叫好，接著聽說死囚被打了之後還同情獄卒「可憐」，不禁全場都懵了半晌，直到有人出口斷定那被打了還說別人可憐的死囚瘋了之後，大家才如獲大赦般鬆了口氣，紛紛同意這個說法。

讀到最後，當我們跟著故事來到那城外的荒蕪墳塋，發現無論是用自己的死亡提供了人血饅頭的死囚，或吃了人血饅頭以求治病的孩子，最後都終歸葬到一處，回扣到之前那段街坊八卦，不懂死囚為何而死的人依舊不懂，被憐憫的熙攘生者依舊不知道自己何以可憐，便讓人更感可憐與可悲了。

第三篇故事〈故鄉〉中以兩個兒時玩伴的今昔對比，顯而易見的改變是外表，但真正揪心的卻是話語、措詞與態度，長大成人後再次相見，不得不意識到階級的「我」與「閏土」，對比的不僅是多年前兩人都還是莽莽少年時的要好與無懼，更讓他們下一代重新複製的要好與無懼，從讀者眼裡看來，也不免在可見的未來，再度複製他倆的階級與距離。

魯迅擅長讓人絕望，而且擅長堆疊絕望。從命運的無情、無可逃避的天災人禍、個人的愚昧，到他者的涼薄與尖刻，一層一層包覆，最後成就一個彷彿無可逃脫的終極困境，而魯迅的故事中最好也最可惡的，莫過於在這困境之中，經常又帶著一點點的甜美溫善，讓讀者無比珍惜這一點點甜，卻也被迫看著這樣的甜美被龐大的黑暗無情地吞噬。

第四篇故事〈在酒樓上〉就有這樣的一朵小小的剪絨花。

這篇故事中，「我」所遇見的舊識緯甫，在酒樓裡與主角不期而遇後，說起了零零碎碎的幾樁事，為了讓母親心裡好過而與自己年輕時的理念稍稍妥協、為了不讓一個小女孩失望而勉強自己吞下了整碗太甜的蕎麥粉，以及受母親之託從外地帶回兩朵小女孩很想要的剪絨花，而女孩卻在剪絨花抵達前病死了——這些不抱私欲所流露出的溫情，與那兩朵好不容易從外地帶回來卻沒有抵達女孩手裡的美麗剪絨花一樣，最終並未如他意氣風發的年少時所期待的那樣，真能藉由改革扭轉個人以至於社稷的命運，而只能「模模糊糊、隨隨便便」的屈從於時局之下了。

與〈在酒樓上〉懷抱理想而失落的樣貌相反，第五篇故事〈祝福〉，則將知識分子的心眼琢磨得透徹，那眼見他人的老病殘窮而生走避之心、那度量他人失準時的錯愕，甚且是不願承認自己的無知又不願承擔言語責任的推搪，直至今日我們都並不陌生。而祥林嫂的悲慘際遇，映照著知識分子的嘴臉，加上鎮裡人對她的被迫再嫁，不僅「八卦者不救」

還反過來質疑她「怎麼後來竟肯了」，襯著故事背景裡準備著「祝福」的城鎮氣氛，更顯得人世荒涼了。

讀魯迅，不能不帶點心眼，才能從他簡潔素樸的文字之中，讀出滋味來，那滋味或許不見得很好，但唯有訓練自己成為那樣一個「讀得出滋味」的讀者，進一步成為「看得出哪裡不對」的人，才有可能讓魯迅描寫的炎涼荒蕪人間，再和煦那麼一點點。

劉芷妤——無糖，半透明，東華創英所畢業，著有《女神自助餐》、《迷時回》等書。

STORY 01

明天

「沒有聲音，小東西怎了？」

紅鼻子老拱手裡擎了一碗黃酒，說著，向間壁努一努嘴。藍皮阿五便放下酒碗，在他脊樑上用死勁的打了一掌，含含糊糊嚷道：「你……你你又在想心思……。」

原來魯鎮是僻靜地方，還有些古風：不上一更[01]，大家便都關門睡覺。深更半夜沒有睡的只有兩家：一家是咸亨酒店，幾個酒肉朋友圍著櫃檯，吃喝得正高興；一家便是間壁的單四嫂子，他自從前年守了寡，便須專靠著自己的一雙手紡出綿紗來，養活他自己和他三歲的兒子，所以睡得也遲。

這幾天，確鑿沒有紡紗的聲音了。但夜深沒有睡的既然只有兩家，這單四嫂子家有聲音，便自然只有老拱們聽到，沒有聲音，也只有老拱們聽到。

老拱挨了打，彷彿很舒服似的喝了一大口酒，嗚嗚的唱起小曲來。

這時候，單四嫂子正抱著他的寶兒，坐在床沿上，紡車靜靜的立在地上。黑沉沉的燈光，照著寶兒的臉，緋紅裡帶一點青。單四嫂子心裡計算：神籤也求過了，願心也許過了，單方[02]也吃過了，要是還不見效，怎麼好？那只有去診何小仙了。但寶兒也許是日輕夜重，到了明天，太陽一出，熱也會退，氣喘也會平的：這實在是病人常有的事。

單四嫂子是一個粗笨女人，不明白這「但」字的可怕：許多壞事固然幸虧有了他才變好，許多好事卻也因為有了他都弄糟。夏天夜短，老拱們嗚嗚的唱完了不多時，東方已經發白；不一會，窗縫裡透進了銀白色的曙光。

單四嫂子等候天明，卻不像別人這樣容易，覺得非常之慢，寶兒的一呼吸，幾乎長過一年。現在居然明亮了；天的明亮，壓倒了燈光，看見寶兒的鼻翼，已經一放一收的扇動。

單四嫂子知道不妙，暗暗叫一聲「啊呀！」心裡計算：怎麼好？只有去診何小仙這一條路了。他雖然是粗笨女人，心裡卻有決斷，便站起身，從木櫃子裡掏出每天節省下來的十三個小銀元和一百八十銅錢，都裝在衣袋裡，鎖上門，抱著寶兒直向何家奔過去。

天氣還早，何家已經坐著四個病人了。他摸出四角銀元，買了號籤，第五個輪到寶兒。何小仙伸開兩個指頭按脈，指甲足有四寸多長，單四嫂子暗地納罕，心裡計算：寶兒該有活命了。但總免不了著急，忍不住要問，便偈偈促促的說：「先生，我家的寶兒什麼病呀？」

「他中焦塞著[03]。」

「不妨事麼？他……」

「先去吃兩帖。」

「他喘不過氣來，鼻翅子都扇著呢。」

「這是火克金[04]……」

何小仙說了半句話，便閉上眼睛；單四嫂子也不好意思再問。在何小仙對面坐著的一個三十多歲的人，此時已經開好一張藥方，指著紙角上的幾個字說道：「這第一味保嬰活命丸，須是賈家濟世老店才有！」

單四嫂子接過藥方，一面走，一面想。他雖是粗笨女人，卻知道何家與濟世老店與自己的家，正是一個三角點；自然是買了藥回去便宜了。於是又徑向濟世老店奔過去。店夥也翹了長指甲慢慢的看方，慢慢的包藥。單四嫂子抱了寶兒等著；寶兒忽然擎起小手來，用力拔他散亂著的一綹頭髮，這是從來沒有的舉動，單四嫂子怕得發怔。

藥

太陽早出了。單四嫂子抱了孩子，帶著藥包，越走覺得越重；孩子又不住的掙扎，路也覺得越長。沒奈何坐在路旁一家公館的門檻上，休息了一會，衣服漸漸的冰著肌膚，才知道自己出了一身汗；寶兒卻彷彿睡著了。他再起來慢慢地走，仍然支撐不得，耳朵邊忽然聽得人說：「單四嫂子，我替你抱勃羅05！」似乎是藍皮阿五的聲音。

他抬頭看時，正是藍皮阿五，睡眼朦朧的跟著他走。

單四嫂子在這時候，雖然很希望降下一員天將，助他一臂之力，卻不願是阿五。但阿五有些俠氣，無論如何，總是偏要幫忙，所以推讓了一會，終於得了許可了。他便伸開臂膊，從單四嫂子的乳房和孩子之間，直伸下去，抱去了孩子。單四嫂子便覺乳房上發了一條熱，剎時間直熱到臉上和耳根。

他們兩人離開了二尺五寸多地，一同走著。阿五說些話，單四嫂子卻大半沒有答。走了不多時候，阿五又將孩子還給他，說是昨天與朋友約定的吃飯時候到了；單四嫂子便接了孩子。幸而不遠便是家，早看見對門的王九媽在街邊坐著，遠遠地說話：「單四嫂子，孩子怎了？看過先生了麼？」

「看是看了。王九媽，你有年紀，見得多，不如請你老法眼[06]看一看，怎樣……」

「唔……」

「怎樣……？」

「唔……」王九媽端詳了一番，把頭點了兩點，搖了兩搖。

寶兒吃下藥，已經是午後了。單四嫂子留心看他神情，似乎彷彿平穩了不少；到得下午，忽然睜開眼叫一聲

「媽！」又仍然合上眼，像是睡去了。他睡了一刻，額上鼻尖都沁出一粒一粒的汗珠，單四嫂子輕輕一摸，膠水般黏著手；慌忙去摸胸口，便禁不住嗚咽起來。

寶兒的呼吸從平穩到沒有，單四嫂子的聲音也就從嗚咽變成號啕。這時聚集了幾堆人：門內是王九媽藍皮阿五之類，門外是咸亨的掌櫃和紅鼻老拱之類。王九媽便發命令，燒了一串紙錢；又將兩條板凳和五件衣服作抵，替單四嫂子借了兩塊洋錢，給幫忙的人備飯。

第一個問題是棺木。單四嫂子還有一副銀耳環和一支裹金的銀簪，都交給了咸亨的掌櫃，托他作一個保，半現半賒的買一具棺木。藍皮阿五也伸出手來，很願意自告奮勇；王九媽卻不許他，只准他明天抬棺材的差使，阿五罵了一聲「老畜生」，怏怏的努了嘴站著。掌櫃便自去了；晚上回來，說棺木須得現做，後半夜才成功。

掌櫃回來的時候，幫忙的人早吃過飯；因為魯鎮還有些古風，所以不上一更，便都回家睡覺了。只有阿五還靠著咸亨的櫃檯喝酒，老拱也嗚嗚的唱。

這時候，單四嫂子坐在床沿上哭著，寶兒在床上躺著，紡車靜靜的在地上立著。許多工夫，單四嫂子的眼淚宣告完結了，眼睛張得很大，看看四面的情形，覺得奇怪：所有的都是不會有的事。他心裡計算：不過是夢罷了，這些事都是夢。明天醒過來，自己好好的睡在床上，寶兒也好好的睡在自己身邊。他也醒過來，叫一聲「媽」，生龍活虎似的跳去玩了。

老拱的歌聲早經寂靜，咸亨也熄了燈。單四嫂子張著眼，總不信所有的事。雞也叫了；東方漸漸發白，窗縫裡透進了銀白色的曙光。

銀白的曙光又漸漸顯出緋紅，太陽光接著照到屋脊。單四嫂子張著眼，呆呆坐著；聽得打門聲音，才吃了一嚇，跑出去開門。門外一個不認識的人，揹了一件東西；後面站著王九媽。

哦，他們揹了棺材來了。

下半天，棺木才合上蓋：因為單四嫂子哭一回，看一回，總不肯死心塌地的蓋上；幸虧王九媽等得不耐煩，氣憤憤的跑上前，一把拖開他，才七手八腳的蓋上了。

但單四嫂子待他的寶兒，實在已經盡了心，再沒有什麼缺陷。昨天燒過一串紙錢，上午又燒了四十九卷《大悲咒》；收斂的時候，給他穿上頂新的衣裳，平日喜歡的玩意兒，一個泥人，兩個小木碗，兩個玻璃瓶，都放在枕頭旁邊。後來王九媽掐著指頭子細推敲，也終於想不出一些什麼缺陷。

這一日裡，藍皮阿五簡直整天沒有到；咸亨掌櫃便替單四嫂子雇了兩名腳夫，每名二百另十個大錢，抬棺木到義塚地上安放。王九媽又幫他煮了飯，凡是動過手開過口的人都吃了飯。太陽漸漸顯出要落山的顏色；吃過飯的人也不覺都顯出要回家的顏色，於是他們終於都回了家。

單四嫂子很覺得頭眩，歇息了一會，倒居然有點平穩了。但他接連著便覺得很異樣：遇到了平生沒有遇到過的事，不像會有的事，然而的確出現了。他越想越奇，又感到一件異樣的事這屋子忽然太靜了。

他站起身，點上燈火，屋子越顯得靜。他昏昏的走去關上門，回來坐在床沿上，紡車靜靜的立在地上。他定一定神，四面一看，更覺得坐立不得，屋子不但太靜，而且也太大了，東西也太空了。太大的屋子四面包圍著他，太空的東西四面壓著他，叫他喘氣不得。

他現在知道他的寶兒確乎死了；不願意見這屋子，吹熄了燈，躺著。他一面哭，一面想：想那時候，自己紡著棉紗，寶兒坐在身邊吃茴香豆，瞪著一雙小黑眼睛想了一刻，便說，「媽！爹賣餛飩，我大了也賣餛飩，賣許多許多錢，我都給你。」那時候，真是連紡出的棉紗，也彷彿寸寸都有意思，寸寸都活著。但現在怎麼了？現在的事，單四嫂子卻實在沒有想到什麼。我早經說過：他是粗笨女人。他能想出什麼呢？他單覺得這屋子太靜，太大，太空罷了。

　　但單四嫂子雖然粗笨，卻知道還魂是不能有的事，他的寶兒也的確不能再見了。歎一口氣，自言自語的說，「寶兒，你該還在這裡，你給我夢裡見見罷。」於是合上眼，想趕快睡去，會他的寶兒，苦苦的呼吸通過了靜和大和空虛，自己聽得明白。

　　單四嫂子終於朦朦朧朧的走入睡鄉，全屋子都很靜。這時紅鼻子老拱的小曲，也早經唱完；蹌蹌踉踉出了咸亨，卻又提尖了喉嚨，唱道：「我的冤家呀！可憐你，孤拎拎……」

藍皮阿五便伸手揪住了老拱的肩頭，兩個人七歪八斜的笑著擠著走去。

單四嫂子早睡著了，老拱們也走了，咸亨也關上門了。這時的魯鎮，便完全落在寂靜裡。只有那暗夜為想變成明天，卻仍在這寂靜裡奔波；另有幾條狗，也躲在暗地裡嗚嗚的叫。

（本篇發表於一九一九年十月北京《新潮》月刊第二卷第一號）

跟隨小說家劉芷妤的思索，剖析故事中描述細緻的命運轉折與人情世故！

1 單四嫂子的處境在這短短的故事中迅速惡化，一部分是無可奈何的命運，一部分卻也是人心的涼薄所致。你認為她遭遇的困境中，有哪些是來自他人，有哪些是來自自己，又有哪些是命運無情呢？

2 寶兒生病的時候，你認為改變故事中的哪些段落，或許可以救他一命？

3 你認為藍皮阿五抱起孩子時，手從單四嫂子胸口伸下去的「無心」之舉，有什麼想法呢？魯迅在這裡描述藍皮阿五有些「俠氣」，你認為這個形容合適嗎？他為什麼這麼寫？

4 寶兒死去後，單四嫂子的鄰居們做了什麼事？他們的態度為什麼與寶兒生病時大不相同？

5 你認為這個故事的篇名為什麼是〈明天〉？如果你是魯迅，你會怎麼為這一篇命名？

【註解】

01 黃昏後入夜之七至九時。

02 藥方。

03 中焦意指腹腔上部，包括脾、胃臟。中焦若塞著、堵塞則指消化不良此類病症。

04 中醫學上以五行相生剋來詮釋病理，心、肺、肝、脾、腎五臟與火、金、木、土、水五行相應。心屬火，肺屬金，火有克制金的作用，從而引起呼吸系統疾病。

05 以柳條或竹編而成的籮筐。

06 佛教術語，意指能觀察真理，沒有障礙與疑惑的智慧之眼。

STORY 02

藥

一

秋天的後半夜，月亮下去了，太陽還沒有出，只剩下一片烏藍的天；除了夜遊的東西，什麼都睡著。華老栓忽然坐起身，擦著火柴，點上遍身油膩的燈盞，茶館的兩間屋子裡，便彌滿了青白的光。

「小栓的爹，你就去麼？」是一個老女人的聲音。裡邊的小屋子裡，也發出一陣咳嗽。

「唔。」老栓一面聽，一面應，一面扣上衣服；伸手過去說，「你給我罷。」

華大媽在枕頭底下掏了半天，掏出一包洋錢01，交給老栓，老栓接了，抖抖的裝入衣袋，又在外面按了兩下；便點上燈籠，吹熄燈盞，走向裡屋子去了。那屋子裡面，正在窸窸窣窣的響，接著便是一通咳嗽。老栓候他平靜下去，才低低的叫道，「小栓……你不要起來。……店麼？你娘會安排的。」

老栓聽得兒子不再說話，料他安心睡了；便出了門，走到街上。街上黑沉沉的一無所有，只有一條灰白的路，看得分明。燈光照著他的兩腳，一前一後的走。有時也遇到幾隻狗，可是一隻也沒有叫。天氣比屋子裡冷多了；老栓倒覺爽快，彷彿一旦變了少年，得了神通，有給人生命的本領似的，跨步格外高遠。而且路也越走越分明，天也越走越亮了。

老栓正在專心走路，忽然吃了一驚，遠遠裡看見一條丁字街，明明白白橫著。他便退了幾步，尋到一家關著門的鋪子，蹩進簷下，靠門立住了。好一會，身上覺得有些發冷。

「哼，老頭子。」

「倒高興……」

老栓又吃一驚，睜眼看時，幾個人從他面前過去了。一個還回頭看他，樣子不甚分明，但很像久餓的人見了食物一般，眼裡閃出一種攫取的光。老栓看看燈籠，已經熄了。按一按衣袋，硬硬的還在。仰起頭兩面一望，只見許多古怪的人，三三兩兩，鬼似的在那裡徘徊；定睛再看，卻也看不出什麼別的奇怪。

沒有多久，又見幾個兵，在那邊走動；衣服前後的一個大白圓圈，遠地裡也看得清楚，走過面前的，並且看出號衣

[02]上暗紅的鑲邊——一陣腳步聲響，一眨眼，已經擁過了一大簇人。那三三兩兩的人，也忽然合作一堆，潮一般向前進；將到丁字街口，便突然立住，簇成一個半圓。

老栓也向那邊看，卻只見一堆人的後背；頸項都伸得很長，彷彿許多鴨，被無形的手捏住了的，向上提著。靜了一會，似乎有點聲音，便又動搖起來，轟的一聲，都向後退；一直散到老栓立著的地方，幾乎將他擠倒了。

「喂！一手交錢，一手交貨！」一個渾身黑色的人，站在老栓面前，眼光正像兩把刀，刺得老栓縮小了一半。那人一隻大手，向他攤著；一隻手卻撮著一個鮮紅的饅頭03，那紅的還是一點一點的往下滴。

老栓慌忙摸出洋錢，抖抖的想交給他，卻又不敢去接他的東西。那人便焦急起來，嚷道，「怕什麼？怎的不拿！」老栓還躊躇著；黑的人便搶過燈籠，一把扯下紙罩，裹了饅頭，塞與老栓；一手抓過洋錢，捏一捏，轉身去了。嘴裡哼著說，「這老東西……」

「這給誰治病的呀？」老栓也似乎聽得有人問他，但他並不答應；他的精神，現在只在一個包上，彷彿抱著一個十世單傳的嬰兒，別的事情，都已置之度外了。他現在要將這包裡的新的生命，移植到他家裡，收獲許多幸福。太陽也出來了；在他面前，顯出一條大道，直到他家中，後面也照見丁字街頭破匾上「古□亭口」[04]這四個黯淡的金字。

二

老栓走到家，店面早經收拾乾淨，一排一排的茶桌，滑溜溜的發光。但是沒有客人；只有小栓坐在裡排的桌前吃飯，大粒的汗，從額上滾下，夾襖也帖住了脊心，兩塊肩胛骨高高凸出，印成一個陽文[05]的「八」字。老栓見這樣子，不免皺一皺展開的眉心。他的女人，從灶下急急走出，睜著眼睛，嘴唇有些發抖。

「得了麼？」

「得了。」

兩個人一齊走進灶下，商量了一會；華大媽便出去了，不多時，拿著一片老荷葉回來，攤在桌上。老栓也打開燈籠罩，用荷葉重新包了那紅的饅頭。小栓也吃完飯，他的母親慌忙說：「小栓——你坐著，不要到這裡來。」一面整頓了灶火，老栓便把一個碧綠的包，一個紅紅白白的破燈籠，一同塞在灶裡；一陣紅黑的火焰過去時，店屋裡散滿了一種奇怪的香味。

「好香！你們吃什麼點心呀？」這是駝背五少爺到了。

這人每天總在茶館裡過日，來得最早，去得最遲，此時恰恰蹩到臨街的壁角的桌邊，便坐下問話，然而沒有人答應他。「炒米粥麼？」仍然沒有人應。老栓匆匆走出，給他泡上茶。

「小栓進來罷！」華大媽叫小栓進了裡面的屋子，中間放好一條凳，小栓坐了。他的母親端過一碟烏黑的圓東西，輕輕說：「吃下去罷——病便好了。」

小栓撮起這黑東西，看了一會，似乎拿著自己的性命一般，心裡說不出的奇怪。十分小心的拗開了，焦皮裡面竄出一道白氣，白氣散了，是兩半個白麵的饅頭——不多工夫，已經全在肚裡了，卻全忘了什麼味；面前只剩下一張空盤。他的旁邊，一面立著他的父親，一面立著他的母親，兩人的眼光，都彷彿要在他身上注進什麼又要取出什麼似的；便禁不住心跳起來，按著胸膛，又是一陣咳嗽。

「睡一會罷——便好了。」

小栓依他母親的話，咳著睡了。華大媽候他喘氣平靜，才輕輕的給他蓋上了滿幅補釘的夾被。

三

店裡坐著許多人，老栓也忙了，提著大銅壺，一趟一趟的給客人沖茶；兩個眼眶，都圍著一圈黑線。

「老栓，你有些不舒服麼？——你生病麼？」一個花白鬍子的人說。

「沒有。」

「沒有？——我想笑嘻嘻的，原也不像……」花白鬍子便取消了自己的話。

「老栓只是忙。要是他的兒子……」駝背五少爺話還未完，突然闖進了一個滿臉橫肉的人，披一件玄色[06]布衫，散著鈕扣，用很寬的玄色腰帶，胡亂捆在腰間。剛進門，便對老栓嚷道：「吃了麼？好了麼？老栓，就是運氣了你！你運氣，要不是我信息靈……」

老栓一手提了茶壺，一手恭恭敬敬的垂著；笑嘻嘻的聽。滿座的人，也都恭恭敬敬的聽。華大媽也黑著眼眶，笑嘻嘻的送出茶碗茶葉來，加上一個橄欖，老栓便去沖了水。

「這是包好！這是與眾不同的。你想，趁熱的拿來，趁熱的吃下。」橫肉的人只是嚷。

「真的呢，要沒有康大叔照顧，怎麼會這樣……」華大媽也很感激的謝他。

「包好，包好！這樣的趁熱吃下。這樣的人血饅頭，什麼癆病都包好！」

華大媽聽到「癆病」這兩個字，變了一點臉色，似乎有些不高興；但又立刻堆上笑，搭訕著走開了。這康大叔卻沒有覺察，仍然提高了喉嚨只是嚷，嚷得裡面睡著的小栓也合夥咳嗽起來。

「原來你家小栓碰到了這樣的好運氣了。這病自然一定全好；怪不得老栓整天的笑著呢。」花白鬍子一面說，一面走到康大叔面前，低聲下氣的問道，「康大叔——聽說今天結果的一個犯人，便是夏家的孩子，那是誰的孩子？究竟是什麼事？」

「誰的？不就是夏四奶奶的兒子麼？那個小傢伙！」康大叔見眾人都聳起耳朵聽他，便格外高興，橫肉塊塊飽綻，越發大聲說，「這小東西不要命，不要就是了。我可是這一回一點沒有得到好處；連剝下來的衣服，都給管牢的紅眼睛阿義拿去了——第一要算我們栓叔運氣；第二是夏三爺賞了二十五兩雪白的銀子，獨自落腰包，一文不花。」

小栓慢慢的從小屋子裡走出，兩手按了胸口，不住的咳嗽；走到灶下，盛出一碗冷飯，泡上熱水，坐下便吃。華大媽跟著他走，輕輕的問道，「小栓，你好些麼？——你仍舊只是肚餓？……」

「包好，包好！」康大叔瞥了小栓一眼，仍然回過臉，對眾人說，「夏三爺真是乖角兒07，要是他不先告官，連他滿門抄斬。現在怎樣？銀子！——這小東西也真不成東西！

關在牢裡，還要勸牢頭造反。」

「啊呀，那還了得。」坐在後排的一個二十多歲的人，很現出氣憤模樣。

「你要曉得紅眼睛阿義是去盤盤底細的，他卻和他攀談了。他說：這大清的天下是我們大家的。你想：這是人話麼？紅眼睛原知道他家裡只有一個老娘，可是沒有料到他竟會這麼窮，榨不出一點油水，已經氣破肚皮了。他還要老虎頭上搔癢，便給他兩個嘴巴！」

「義哥是一手好拳棒，這兩下，一定夠他受用了。」壁角的駝背忽然高興起來。

「他這賤骨頭打不怕，還要說可憐可憐哩。」

花白鬍子的人說，「打了這種東西，有什麼可憐呢？」

康大叔顯出看他不上的樣子，冷笑著說，「你沒有聽清我的話；看他神氣，是說阿義可憐哩！」

聽著的人的眼光，忽然有些板滯[08]；話也停頓了。小栓已經吃完飯，吃得滿頭流汗，頭上都冒出蒸氣來。

「阿義可憐——瘋話，簡直是發了瘋了。」花白鬍子恍然大悟似的說。

「發了瘋了。」二十多歲的人也恍然大悟的說。

店裡的坐客，便又現出活氣，談笑起來。小栓也趁著熱鬧，拚命咳嗽；康大叔走上前，拍他肩膀說：「包好！小栓——你不要這麼咳。包好！」

「瘋了。」駝背五少爺點著頭說。

四

西關外靠著城根的地面，本是一塊官地；中間歪歪斜斜一條細路，是貪走便道的人，用鞋底造成的，但卻成了自然的界限。路的左邊，都埋著死刑和瘐斃[09]的人，右邊是窮人的叢塚[10]。兩面都已埋到層層疊疊，宛然闊人家裡祝壽時的饅頭。

這一年的清明，分外寒冷；楊柳才吐出半粒米大的新芽。天明未久，華大媽已在右邊的一坐新墳前面，排出四碟菜，一碗飯，哭了一場。化過紙[11]，呆呆的坐在地上；彷彿等候什麼似的，但自己也說不出等候什麼。微風起來，吹動他短髮，確乎比去年白得多了。

小路上又來了一個女人，也是半白頭髮，襤褸的衣裙；提一個破舊的朱漆圓籃，外掛一串紙錠[12]，三步一歇的走。忽然見華大媽坐在地上看他，便有些躊躇，慘白的臉上，現出些羞愧的顏色；但終於硬著頭皮，走到左邊的一坐墳前，放下了籃子。

那墳與小栓的墳，一字兒排著，中間只隔一條小路。華大媽看他排好四碟菜，一碗飯，立著哭了一通，化過紙錠；心裡暗暗地想，「這墳裡的也是兒子了。」那老女人徘徊觀望了一回，忽然手腳有些發抖，蹌蹌踉踉退下幾步，瞪著眼只是發怔。

華大媽見這樣子，生怕他傷心到快要發狂了；便忍不住立起身，跨過小路，低聲對他說，「你這位老奶奶不要傷心了——我們還是回去罷。」

那人點一點頭，眼睛仍然向上瞪著；也低聲吃吃的說道，「你看——看這是什麼呢？」

華大媽跟了他指頭看去，眼光便到了前面的墳，這墳上草根還沒有全合，露出一塊一塊的黃土，煞是難看。再往上仔細看時，卻不覺也吃一驚——分明有一圈紅白的花，圍著那尖圓的墳頂。

他們的眼睛都已老花多年了，但望這紅白的花，卻還能明白看見。花也不很多，圓圓的排成一個圈，不很精神，倒也整齊。華大媽忙看他兒子和別人的墳，卻只有不怕冷的幾點青白小花，零星開著；便覺得心裡忽然感到一種不足和空虛，不願意根究。那老女人又走近幾步，細看了一遍，自言自語的說，「這沒有根，不像自己開的——這地方有誰來呢？孩子不會來玩——親戚本家早不來了——這是怎麼一回事呢？」他想了又想，忽又流下淚來，大聲說道：「瑜兒，他們都冤枉了你，你還是忘不了，傷心不過，今天特意顯點靈，要我知道麼？」他四面一看，只見一隻烏鴉，站在一株沒有葉的樹上，便接著說，「我知道了——瑜兒，可憐他們坑了你，他們將來總有報應，天都知道；你閉了眼睛就是了——你如果真在這裡，聽到我的話——便教這烏鴉飛上你的墳頂，給我看罷。」

微風早經停息了；枯草支支直立，有如銅絲。一絲發抖的聲音，在空氣中越顫越細，細到沒有，周圍便都是死一般靜。兩人站在枯草叢裡，仰面看那烏鴉；那烏鴉也在筆直的樹枝間，縮著頭，鐵鑄一般站著。

許多的工夫過去了；上墳的人漸漸增多，幾個老的小的，在土墳間出沒。

華大媽不知怎的，似乎卸下了一挑重擔，便想到要走；一面勸著說，「我們還是回去罷。」

那老女人歎一口氣，無精打采的收起飯菜；又遲疑了一刻，終於慢慢地走了。嘴裡自言自語的說，「這是怎麼一回事呢？……」

他們走不上二三十步遠，忽聽得背後「啞——」的一聲大叫；兩個人都竦然的回過頭，只見那烏鴉張開兩翅，一挫身[13]，直向著遠處的天空，箭也似的飛去了。

（本篇發表於一九一九年五月《新青年》第六卷第五號）

跟隨小說家劉芷妤的思索，理解故事裡涼薄人世的警省！

1魯迅對小栓拿著饅頭時的描寫是：「小栓撮起這黑東西，看了一會，似乎拿著自己的性命一般，心裡說不出的奇怪。」你認為小栓知不知道他手上的是人血饅頭？為什麼？

2死囚被獄卒打了，卻反過來說獄卒「可憐」，你認為這是為什麼呢？八卦的人們聽說了這件事都呆住了，後來又說那死囚發瘋了，你認為又是為什麼呢？

3 你認為那個叫做夏瑜的死囚，可能是影射哪一位真實人物？魯迅用了哪些方式，讓故事中的「夏瑜」與真實人物連結起來？

4 故事最後，小栓的母親與夏瑜的母親都在同一塊墳地祭拜他們的孩子，你認為魯迅為什麼這樣安排？為什麼夏瑜的墳上有一圈花，其他人的卻沒有呢？

5 你認為「不被理解卻為人們而死的先知」與「不願理解他人但卻活得理直氣壯的人們」，你會想要成為哪一種呢？為什麼？

#【註解】

01 意指銀元。

01 清朝士兵的軍衣。

03 鮮紅的饅頭意指蘸有人血的饅頭。舊時迷信，以為人血可以醫治肺癆。

04 魯迅刻意於文中隱喻。篇中人物夏瑜暗指清末女革命黨人秋瑾，其就義地點在紹興軒亭口，位處紹興城內大街，街旁牌樓有匾上題有「古軒亭口」四字。

05 刻在器物上的文字，筆畫凸起稱陽文，筆畫凹下稱陰文。

06 黑色。

07 此指見風轉舵的人。

08 呆板。

09 關在牢裡的人，因受刑、飢寒或疾病而亡。

10 意指亂墳堆。

11 「紙」指紙錢，舊俗認為將之火化後可供死者在陰間使用。

12 以紙錢折成之元寶。

12 縮起身子。

STORY 03

故鄉

我冒了嚴寒，回到相隔二千餘里，別了二十餘年的故鄉去。

時候既然是深冬；漸近故鄉時，天氣又陰晦了，冷風吹進船艙中，嗚嗚的響，從篷隙向外一望，蒼黃的天底下，遠近橫著幾個蕭索的荒村，沒有一些活氣。我的心禁不住悲涼起來了。啊！這不是我二十年來時時記得的故鄉？

我所記得的故鄉全不如此。我的故鄉好得多了。但要我記起他的美麗，說出他的佳處來，卻又沒有影像，沒有言辭了。彷彿也就如此。於是我自己解釋說：故鄉本也如此——

雖然沒有進步，也未必有如我所感的悲涼，這只是我自己心情的改變罷了，因為我這次回鄉，本沒有什麼好心緒。

我這次是專為了別他而來的。我們多年聚族而居的老屋，已經公同賣給別姓了，交屋的期限，只在本年，所以必須趕在正月初一以前，永別了熟識的老屋，而且遠離了熟識的故鄉，搬家到我在謀食的異地去。

第二日清早晨我到了我家的門口了。瓦楞上許多枯草的斷莖當風抖著，正在說明這老屋難免易主的原因。幾房的本家大約已經搬走了，所以很寂靜。我到了自家的房外，我的母親早已迎著出來了，接著便飛出了八歲的侄兒宏兒。

我的母親很高興，但也藏著許多淒涼的神情，教我坐下，歇息，喝茶，且不談搬家的事。宏兒沒有見過我，遠遠的對面站著只是看。

但我們終於談到搬家的事。我說外間的寓所已經租定了，又買了幾件傢俱，此外須將家裡所有的木器賣去，再去增添。母親也說好，而且行李也略已齊集，木器不便搬運的，也小半賣去了，只是收不起錢來。

「你休息一兩天，去拜望親戚本家一回，我們便可以走了。」母親說。

「是的。」

「還有閏土，他每到我家來時，總問起你，很想見你一回面。我已經將你到家的大約日期通知他，他也許就要來了。」

這時候，我的腦裡忽然閃出一幅神異的圖畫來：深藍的天空中掛著一輪金黃的圓月，下麵是海邊的沙地，都種著一望無際的碧綠的西瓜，其間有一個十一二歲的少年，項帶銀圈，手捏一柄鋼叉，向一匹猹[01]盡力的刺去，那猹卻將身一扭，反從他的胯下逃走了。

這少年便是閏土。我認識他時，也不過十多歲，離現在將有三十年了；那時我的父親還在世，家景也好，我正是一個少爺。那一年，我家是一件大祭祀的值年[02]。這祭祀，說是三十多年才能輪到一回，所以很鄭重；正月裡供祖像，供品很多，祭器很講究，拜的人也很多，祭器也很要防偷去。我家只有一個忙月（我們這裡給人做工的分三種：整年給一定人家做工的叫長工；按日給人做工的叫短工；自己也種

地，只在過年過節以及收租時候來給一定人家做工的稱忙月），忙不過來，他便對父親說，可以叫他的兒子閏土來管祭器的。

我的父親允許了；我也很高興，因為我早聽到閏土這名字，而且知道他和我彷彿年紀，閏月生的，五行缺土[03]，所以他的父親叫他閏土。他是能裝弶[04]捉小鳥雀的。

我於是日日盼望新年，新年到，閏土也就到了。好容易到了年末，有一日，母親告訴我，閏土來了，我便飛跑的去看。他正在廚房裡，紫色的圓臉，頭戴一頂小氈帽，頸上套一個明晃晃的銀項圈，這可見他的父親十分愛他，怕他死去，所以在神佛面前許下願心，用圈子將他套住了。他見人很怕羞，只是不怕我，沒有旁人的時候，便和我說話，於是不到半日，我們便熟識了。

我們那時候不知道談些什麼，只記得閏土很高興，說是上城之後，見了許多沒有見過的東西。

第二日，我便要他捕鳥。他說：「這不能。須大雪下了才好。我們沙地上，下了雪，我掃出一塊空地來，用短棒支起一個大竹匾，撒下秕穀，看鳥雀來吃時，我遠遠地將縛在棒上的繩子只一拉，那鳥雀就罩在竹匾下了。什麼都有：稻雞，角雞，鵓鴣，藍背……」

我於是又很盼望下雪。

閏土又對我說：「現在太冷，你夏天到我們這裡來。我們日裡到海邊撿貝殼去，紅的綠的都有，鬼見怕也有，觀音手[05]也有。晚上我和爹管西瓜去，你也去。」

「管賊麼？」

「不是。走路的人口渴了摘一個瓜吃，我們這裡是不算偷的。要管的是獾豬，刺蝟，猹。月亮底下，你聽，啦啦的響了，猹在咬瓜了。你便捏了胡叉，輕輕地走去……」

我那時並不知道這所謂猹的是怎麼一件東西——便是現在也沒有知道——只是無端的覺得狀如小狗而很兇猛。

「他不咬人麼？」

「有胡叉呢。走到了，看見猹了，你便刺。這畜生很伶俐，倒向你奔來，反從胯下竄了。他的皮毛是油一般的滑……」

素不知天下有這許多新鮮事：海邊有如許五色的貝殼；西瓜有這樣危險的經歷，先前單知他在水果店裡出賣罷了。

「我們沙地裡，潮汛要來的時候，就有許多跳魚兒只是跳，都有青蛙似的兩個腳……」

啊！閏土的心裡有無窮無盡的稀奇的事，都是我往常的朋友所不知道的。他們不知道一些事，閏土在海邊時，他們都和我一樣只看見院子裡高牆上的四角的天空。

可惜正月過去了，閏土須回家裡去，我急得大哭，他也躲到廚房裡，哭著不肯出門，但終於被他父親帶走了。他後來還托他的父親帶給我一包貝殼和幾支很好看的鳥毛，我也曾送他一兩次東西，但從此沒有再見面。

現在我的母親提起了他，我這兒時的記憶，忽而全都閃電似的蘇生06過來，似乎看到了我的美麗的故鄉了。我應聲說：「這好極！他——怎樣？……」

「他？……他景況也很不如意……」母親說著，便向房外看，「這些人又來了。說是買木器，順手也就隨便拿走的，我得去看看。」

母親站起身，出去了。門外有幾個女人的聲音。我便招宏兒走近面前，和他閒話：問他可會寫字，可願意出門。

「我們坐火車去麼？」

「我們坐火車去。」

「船呢？」

「先坐船……」

「哈！這模樣了！鬍子這麼長了！」一種尖利的怪聲突然大叫起來。

我吃了一嚇，趕忙抬起頭，卻見一個凸顴骨，薄嘴唇，五十歲上下的女人站在我面前，兩手搭在髀間，沒有繫裙，張著兩腳，正像一個畫圖儀器裡細腳伶仃的圓規。

我愕然了。

「不認識了麼？我還抱過你咧！」

我越加愕然了。幸而我的母親也就進來，從旁說：「他多年出門，統忘卻了。你該記得罷，」便向著我說，「這是斜對門的楊二嫂……開豆腐店的。」

哦，我記得了。我孩子時候，在斜對門的豆腐店裡確乎終日坐著一個楊二嫂，人都叫伊「豆腐西施」。但是擦著白粉，顴骨沒有這麼高，嘴唇也沒有這麼薄，而且終日坐著，我也從沒有見過這圓規式的姿勢。那時人說：因為伊，這豆腐店的買賣非常好。但這大約因為年齡的關系，我卻並未蒙著一毫感化，所以竟完全忘卻了。然而圓規很不平，顯出鄙夷的神色，彷彿嗤笑法國人不知道拿破侖，美國人不知道華盛頓似的，冷笑說：「忘了？這真是貴人眼高……」

「那有這事……我……」我惶恐著，站起來說。

「那麼我對你說。迅哥兒，你闊了，搬動又笨重，還要什麼這些破爛木器，讓我拿去罷。我們小戶人家，用得著。」

「我並沒有闊哩。我須賣了這些，再去……」

「啊呀呀，你放了道台[07]了，還說不闊？你現在有三房姨太太；出門便是八抬的大轎，還說不闊？嚇，什麼都瞞不過我。」

我知道無話可說了，便閉了口，默默的站著。

「啊呀啊呀，真是越有錢，便越是一毫不肯放鬆，越是一毫不肯放鬆，便越有錢……」圓規一面憤憤的回轉身，一面絮絮的說，慢慢向外走，順便將我母親的一副手套塞在褲腰裡，出去了。

此後又有近處的本家和親戚來訪問我。我一面應酬，偷空便收拾些行李，這樣的過了三四天。

一日是天氣很冷的午後，我吃過午飯，坐著喝茶，覺得外面有人進來了，便回頭去看。我看時，不由的非常出驚，慌忙站起身，迎著走去。

來的便是閏土。雖一見便知道是閏土，但又不是我這記憶上的閏土。身材增加了一倍；先前的紫色圓臉，已變作灰黃，加上很深的皺紋；眼睛也像他父親一樣，周圍腫得通紅，這我知道，在海邊種地的人，終日吹著海風，大抵是這樣的。他頭上是一頂破氈帽，身上只一件極薄的棉衣，渾身瑟索；手裡提著一個紙包和一支長煙管，那手也不是我所記得的紅活圓實的手，卻又粗又笨而且開裂，像是松樹皮了。

我這時很興奮，但不知道怎麼說才好，只是說：「啊！閏土哥——你來了？……」

我接著便有許多話，想要連珠一般湧出：角雞，跳魚兒，貝殼……但又總覺得被什麼擋著似的，單在腦裡面迴旋，吐不出口外去。

他站住了，臉上現出歡喜和淒涼的神情；動著嘴唇，卻沒有作聲。他的態度終於恭敬起來了，分明的叫道：「老爺！……」

我似乎打了一個寒噤；我就知道，我們之間已經隔了一層可悲的厚障壁了。我也說不出話。

他回過頭去說，「水生，給老爺磕頭。」便拖出躲在背後的孩子來，這正是一個廿年前的閏土，只是黃瘦些，頸子上沒有銀圈罷了。「這是第五個孩子，沒有見過世面，躲躲閃閃……」

母親和宏兒下樓來了，他們大約也聽到了聲音。

「老太太。信是早收到了。我實在喜歡的不得了，知道老爺回來……」閏土說。

「啊，你怎的這樣客氣起來。你們先前不是哥弟稱呼麼？還是照舊：迅哥兒。」母親高興的說。

「啊呀，老太太真是……這成什麼規矩。那時是孩子，不懂事……」閏土說著，又叫水生上來打拱，那孩子卻害羞，緊緊的只貼在他背後。

「他就是水生？第五個？都是生人，怕生也難怪的；還是宏兒和他去走走。」母親說。

宏兒聽得這話，便來招水生，水生卻鬆鬆爽爽同他一路出去了。母親叫閏土坐，他遲疑了一回，終於就了坐，將長煙管靠在桌旁，遞過紙包來，說：「冬天沒有什麼東西了。

這一點乾青豆倒是自家晒在那裡的，請老爺……」

我問問他的景況。他只是搖頭。

「非常難。第六個孩子也會幫忙了，卻總是吃不夠……又不太平……什麼地方都要錢，沒有規定……收成又壞。種出東西來，挑去賣，總要捐幾回錢，折了本；不去賣，又只能爛掉……」

他只是搖頭；臉上雖然刻著許多皺紋，卻全然不動，彷彿石像一般。他大約只是覺得苦，卻又形容不出，沉默了片時，便拿起煙管來默默的吸煙了。

母親問他，知道他的家裡事務忙，明天便得回去；又沒有吃過午飯，便叫他自己到廚下炒飯吃去。

他出去了；母親和我都歎息他的景況：多子，饑荒，苛稅，兵，匪，官，紳，都苦得他像一個木偶人了。母親對我說，凡是不必搬走的東西，盡可以送他，可以聽他自己去揀擇。

下午，他揀好了幾件東西：兩條長桌，四個椅子，一副香爐和燭台，一杆抬秤。他又要所有的草灰（我們這裡煮飯是燒稻草的，那灰，可以做沙地的肥料），待我們啟程的時候，他用船來載去。

夜間，我們又談些閒天，都是無關緊要的話；第二天早晨，他就領了水生回去了。

又過了九日，是我們啟程的日期。閏土早晨便到了，水生沒有同來，卻只帶著一個五歲的女兒管船隻。我們終日很忙碌，再沒有談天的工夫。來客也不少，有送行的，有拿東西的，有送行兼拿東西的。待到傍晚我們上船的時候，這老屋裡的所有破舊大小粗細東西，已經一掃而空了。

我們的船向前走，兩岸的青山在黃昏中，都裝成了深黛

08 顏色，連著退向船後梢去。

宏兒和我靠著船窗，同看外面模糊的風景，他忽然問道：「大伯！我們什麼時候回來？」

「回來？你怎麼還沒有走就想回來了。」

「可是，水生約我到他家玩去咧……」他睜著大的黑眼睛，癡癡的想。

我和母親也都有些惘然，於是又提起閏土來。母親說，那豆腐西施的楊二嫂，自從我家收拾行李以來，本是每日必到的，前天伊在灰堆裡，掏出十多個碗碟來，議論之後，便定說是閏土埋著的，他可以在運灰的時候，一齊搬回家裡去；楊二嫂發見了這件事，自己很以為功，便拿了那狗氣殺（這是我們這裡養雞的器具，木盤上面有著柵欄，內盛食料，雞可以伸進頸子去啄，狗卻不能，只能看著氣死），飛也似的跑了，虧伊裝著這麼高底的小腳，竟跑得這樣快。

老屋離我越遠了；故鄉的山水也漸漸遠離了我，但我並不感到怎樣的留戀。我只覺得四面有看不見的高牆，將我隔成孤身，使我非常氣悶；那西瓜地上的銀項圈的小英雄的影像，本來十分清楚，現在卻忽地模糊，又使我非常的悲哀。

母親和宏兒都睡著了。

我躺著，聽船底潺潺的水聲，知道我在走我的路。我想：我竟與閏土隔絕到這地步了，但我們的後輩還是一氣，宏兒不是正在想念水生麼。我希望他們不再像我，又大家隔膜起來……然而我又不願意他們因為要一氣，都如我的辛苦輾轉而生活，也不願意他們都如閏土的辛苦麻木而生活，也不願意都如別人的辛苦恣睢而生活。他們應該有新的生活，為我們所未經生活過的。

我想到希望，忽然害怕起來了。閏土要香爐和燭台的時候，我還暗地裡笑他，以為他總是崇拜偶像，什麼時候都不忘卻。現在我所謂希望，不也是我自己手製的偶像麼？只是他的願望切近，我的願望茫遠罷了。

我在朦朧中，眼前展開一片海邊碧綠的沙地來，上面深藍的天空中掛著一輪金黃的圓月。我想：希望本是無所謂有，無所謂無的。這正如地上的路；其實地上本沒有路，走的人多了，也便成了路。

（本篇發表於一九二一年五月《新青年》第九卷第一號）

跟隨小說家劉芷妤，尋找故事主角心理與故鄉關係的幽微轉變！

1「我」與閏土之間的關係是怎麼演變的，他們的階級之別從一開始就存在，是什麼讓長大後的他們變得如此生疏呢？

2為什麼楊二嫂與閏土兩人面對已是沒落地主的「我」，態度會有這麼大的差別？

3你認為這故事中為什麼要安插「豆腐店的楊二嫂」

這個角色，她代表了哪些特質的人性呢？故事中的「我」自家分明也已經沒落，為什麼楊二嫂依然認為自己可以予取予求？

4 宏兒與水生，是故事中「我」與閏土的對照組，你認為這兩個少年將來還會和「我」與閏土一樣嗎？這個世界要往哪個方向調整，他們的關係才不會複製「我」與閏土呢？

【註解】

01作者於一九二九年五月四日給舒新城的信中寫道：「『猹』字是我據鄉下人所說的聲音，生造出來的……現在想起來，也許是獾罷。」

02大祭祀，指舊社會大家族對祖先的祭典。值年，指大家族分若干房，每年由各房輪流祭祀活動的主持者。

03五行，即金木水火土。舊時迷信人的生辰八字要五行俱全才吉利；五行缺土的補救辦法是，以土或土字作偏旁的字取名。

04補鳥的簡單裝置。

05鬼見怕與觀音手都是小貝殼的俗稱，將之用線串在一起，戴在孩子的手腕或腳踝上，認為可以「避邪」。
06甦醒。
07「道」為清朝地方行政區劃名，長官稱為「道台」。文中「放了道台」，意指做了大官。
08黛，意指青黑色。

STORY 04

在酒樓上

我從北地向東南旅行，繞道訪了我的家鄉，就到S城。這城離我的故鄉不過三十里，坐了小船，小半天可到，我曾在這裡的學校裡當過一年的教員。深冬雪後，風景淒清，懶散和懷舊的心緒聯結起來，我竟暫寓在S城的洛思旅館裡了；這旅館是先前所沒有的。城圈本不大，尋訪了幾個以為可以會見的舊同事，一個也不在，早不知散到那裡去了，經過學校的門口，也改換了名稱和模樣，於我很生疏。不到兩個時辰，我的意興早已索然，頗悔此來為多事了。

一石

我所住的旅館是租房不賣飯的，飯菜必須另外叫來，但又無味，入口如嚼泥土。窗外只有漬痕班駁的牆壁，帖著枯死的莓苔；上面是鉛色的天，白皚皚的絕無精采，而且微雪又飛舞起來了。我午餐本沒有飽，又沒有可以消遣的事情，便很自然的想到先前有一家很熟識的小酒樓，叫一石居的，算來離旅館並不遠。我於是立即鎖了房門，出街向那酒樓去。其實也無非想姑且逃避客中的無聊，並不專為買醉。一石居是在的，狹小陰濕的店面和破舊的招牌都依舊；但從掌櫃以至堂倌卻已沒有一個熟人，我在這一石居中也完全成了生客。然而我終於跨上那走熟的屋角的扶梯去了，由此徑到小樓上。上面也依然是五張小板桌；獨有原是木欞的後窗卻換嵌了玻璃。

「一斤紹酒——菜？十個油豆腐，辣醬要多！」

我一面說給跟我上來的堂倌聽，一面向後窗走，就在靠窗的一張桌旁坐下了。樓上「空空如也」，任我揀得最好的坐位：可以眺望樓下的廢園。這園大概是不屬於酒家的，我先前也曾眺望過許多回，有時也在雪天裡。但現在從慣於北方的眼睛看來，卻很值得驚異了：幾株老梅竟鬥雪開著滿樹的繁花，彷彿毫不以深冬為意；倒塌的亭子邊還有一株山茶樹，從晴綠的密葉裡顯出十幾朵紅花來，赫赫的在雪中明得如火，憤怒而且傲慢，如蔑視遊人的甘心於遠行。我這時又忽地想到這裡積雪的滋潤，著物不去，晶瑩有光，不比朔雪的粉一般乾，大風一吹，便飛得滿空如煙霧……

「客人，酒……」

堂倌懶懶的說著，放下杯，筷，酒壺和碗碟，酒到了。

我轉臉向了板桌，排好器具，斟出酒來。覺得北方固不是我的舊鄉，但南來又只能算一個客子，無論那邊的乾雪01怎樣紛飛，這裡的柔雪又怎樣的依戀，於我都沒有什麼關係了。我略帶些哀愁，然而很舒服的呷一口酒。酒味很純正；油豆腐也煮得十分好；可惜辣醬太淡薄，本來S城人是不懂得吃辣的。

大概是因為正在下午的緣故罷，這會說是酒樓，卻毫無酒樓氣，我已經喝下三杯酒去了，而我以外還是四張空板桌。我看著廢園，漸漸的感到孤獨，但又不願有別的酒客上來。偶然聽得樓梯上腳步響，便不由的有些懊惱，待到看見是堂倌，才又安心了，這樣的又喝了兩杯酒。

我想，這回定是酒客了，因為聽得那腳步聲比堂倌的要緩得多。約略料他走完了樓梯的時候，我便害怕似的抬頭去看這無干的同伴，同時也就吃驚的站起來。我竟不料在這裡意外的遇見朋友了——假如他現在還許我稱他為朋友。那上來的分明是我的舊同窗，也是做教員時代的舊同事，面貌雖然頗有些改變，但一見也就認識，獨有行動卻變得格外迂緩，很不像當年敏捷精悍的呂緯甫了。

「啊——緯甫，是你麼？我萬想不到會在這裡遇見你。」

「啊啊，是你？我也萬想不到……」

我就邀他同坐，但他似乎略略躊躇之後，方才坐下來。我起先很以為奇，接著便有些悲傷，而且不快了。細看他相貌，也還是亂蓬蓬的鬚髮；蒼白的長方臉，然而衰瘦了。精神跟沉靜，或者卻是頹唐，又濃又黑的眉毛底下的眼睛也失了精采，但當他緩緩的四顧的時候，卻對廢園忽地閃出我在學校時代常常看見的射人的光來。

「我們，」我高興的，然而頗不自然的說，「我們這一別，怕有十年了罷。我早知道你在濟南，可是實在懶得太難，終於沒有寫一封信……」

「彼此都一樣。可是現在我在太原了，已經兩年多，和我的母親。我回來接她的時候，知道你早搬走了，搬得很乾淨。」

「你在太原做什麼呢？」我問。

「教書，在一個同鄉的家裡。」

「這以前呢？」

「這以前麼？」他從衣袋裡掏出一支菸捲來，點了火銜在嘴裡，看著噴出的煙霧，沉思似的說：「無非做了些無聊的事情，等於什麼也沒有做。」

他也問我別後的景況；我一面告訴他一個大概，一面叫堂倌先取杯筷來，使他先喝著我的酒，然後再去添二斤。其間還點菜，我們先前原是毫不客氣的，但此刻卻推讓起來了，終於說不清那一樣是誰點的，就從堂倌的口頭報告上指定了四樣菜：茴香豆，凍肉，油豆腐，青魚干。

「我一回來，就想到我可笑。」他一手擎著菸捲，一隻手扶著酒杯，似笑非笑的向我說。「我在少年時，看見蜂子或蠅子停在一個地方，給什麼來一嚇，即刻飛去了，但是飛了一個小圈子，便又回來停在原地點，便以為這實在很可笑，也可憐。可不料現在我自己也飛回來了，不過繞了一點小圈子。又不料你也回來了。你不能飛得更遠些麼？」

「這難說，大約也不外乎繞點小圈子罷。」我也似笑非笑的說。「但是你為什麼飛回來的呢？」

「也還是為了無聊的事。」他一口喝乾了一杯酒，吸幾口菸，眼睛略為張大了。「無聊的——但是我們就談談罷。」

堂倌搬上新添的酒菜，排滿一桌，樓上又添了煙氣和油豆腐的熱氣，彷彿熱鬧起來了；樓外的雪也越加紛紛的下。

「你也許本來知道，」他接著說，「我曾經有一個小兄弟，是三歲上死掉的，就葬在這鄉下。我連他的模樣都記不清楚了，但聽母親說，是一個很可愛的孩子，和我也很相投，至今她提起來還似乎要下淚。今年春天，一個堂兄就來了一封信，說他的墳邊已經漸漸的浸了水，不久怕要陷入河裡去了，須得趕緊去設法。母親一知道就很著急，幾乎幾夜睡不著——她又自己能看信的。然而我能有什麼法子呢？沒有錢，沒有工夫：當時什麼法也沒有。

「一直挨到現在，趁著年假的閒空，我才得回南給他來遷葬。」他又喝乾一杯酒，看說窗外，說，「這在那邊那裡能如此呢？積雪裡會有花，雪地下會不凍。就在前天，我在城裡買了一口小棺材——因為我預料那地下的應該早已朽爛了——帶著棉絮和被褥，雇了四個土工，下鄉遷葬去。我當時忽而很高興，願意掘一回墳，願意一見我那曾經和我很親睦的小兄弟的骨殖：這些事我生平都沒有經歷過。到得墳地，果然，河水只是咬進來，離墳已不到二尺遠。可憐的墳，兩年沒有培土，也平下去了。我站在雪中，決然的指著他對土工說，『掘開來！』我實在是一個庸人，我這時覺得我的聲音有些稀奇，這命令也是一個在我一生中最為偉大的命令。但土工們卻毫不駭怪，就動手掘下去了。待到掘著壙穴，我便過去看，果然，棺木已經快要爛盡了，只剩下一堆木絲和小木片。我的心顫動著，自去拔開這些，很小心的，要看一看我的小兄弟，然而出乎意外！被褥，衣服，骨骼，什麼也沒有。我想，這些都消盡了，向來聽說最難爛的是頭髮，也許還有罷。我便伏下去，在該是枕頭所在的泥土裡仔仔細細的看，也沒有。蹤影全無！」

我忽而看見他眼圈微紅了，但立即知道是有了酒意。他總不很吃菜，單是把酒不停的喝，早喝了一斤多，神情和舉動都活潑起來，漸近於先前所見的呂緯甫了，我叫堂倌再添二斤酒，然後回轉身，也拿著酒杯，正對面默默的聽著。

「其實，這本已可以不必再遷，只要平了土，賣掉棺材；就此完事了的。我去賣棺材雖然有些離奇，但只要價錢極便宜，原舖子就許要，至少總可以撈回幾文酒錢來。但我不這樣，我仍然舖好被褥，用棉花裹了些他先前身體所在的地方的泥土，包起來，裝在新棺材裡，運到我父親埋著的墳地上，在他墳旁埋掉了。因為外面用磚墩，昨天又忙了我大半天：監工。但這樣總算完結了一件事，足夠去騙騙我的母親，使她安心些——啊啊，你這樣的看我，你怪我何以和先前太不相同了麼？是的，我也還記得我們同到城隍廟裡去拔掉神像的鬍子的時候，連日議論些改革中國的方法以至於打起來的時候。但我現在就是這樣子，敷敷衍衍，模模糊糊。我有時自己也想到，倘若先前的朋友看見我，怕會不認我做朋友了——然而我現在就是這樣。」

他又掏出一支菸捲來，銜在嘴裡，點了火。

「看你的神情，你似乎還有些期望我——我現在麻木得多了，但是有些事也還看得出。這使我很感激，然而也使我很不安：怕我辜負了至今還對我懷著好意的老朋友……」他忽而停住了，吸幾口菸，才又慢慢的說，「正在今天，剛在我到這一石居來之前，做了一件無聊事，然而也是我自己願意做的。我先前的東邊的鄰居叫長富，是一個船戶。他有一個女兒叫阿順，你那時到我家裡來，也許見過的，但你一定沒有留心，因為那時她還小。後來她也長得並不好看，平常的瘦瘦的瓜子臉，黃臉皮；獨有眼睛非常大，睫毛也很長，眼白又青得如夜的晴天，而且是北方的無風的晴天，這裡的就沒有那麼明淨了。她很能幹，十多歲沒了母親，招呼兩個小弟妹都靠她，又得服侍父親，事事都周到；也經濟，家計倒漸漸的穩當起來了。鄰居沒有一個不誇獎她，連長富也時常說些感激的話。這一次我動身回來的時候，我的母親又記得她了，老年人記性真長久。她說她曾經知道順姑因為看見誰的頭上戴著紅的剪絨花，自己也想一朵，弄不到，哭了，哭了小半夜，挨了她父親的一頓打，眼眶還紅腫了兩三天。這種剪絨花是外省的東西，S城裡尚且買不出，她那裡想得到手呢？趁我這一次回南的便，便叫我買兩朵去送她。

「我對於這差使倒並不以為煩厭，反而很喜歡；為阿順，我實在還有些願意出力的意思的。前年，我回來接我母親的時候，有一天，長富正在家，不知怎的我和他閒談起來了。他便要請我吃點心，蕎麥粉，並且告訴我所加的是白糖。你想，家裡能有白糖的船戶，可見決不是一個窮船戶了，所以他也吃得很闊綽。我被勸不過，答應了，但要求只要用小碗。他也很識世故，便囑咐阿順說，『他們文人，是不會吃東西的。你就用小碗，多加糖！』然而等到調好端來的時候，仍然使我吃一嚇，是一大碗，足夠我吃一天。但是和長富吃的一碗比起來，我的也確乎算小碗。我生平沒有吃過蕎麥粉，這回一嘗，實在不可口，卻是非常甜。我漫然的吃了幾口，就想不吃了，然而無意中，忽然間看見阿順遠遠的站在屋角裡，就使我立刻消失了放下碗筷的勇氣。我看她的神情，是害怕而且希望，大約怕自己調得不好，願我們吃得有味，我知道如果剩下大半碗來，一定要使她很失望，而且很抱歉。我於是同時決心，放開喉嚨灌下去了，幾乎吃得和長富一樣快。我由此才知道硬吃的苦痛，我只記得還做孩子時候的吃盡一碗拌著驅除蛔蟲藥粉的沙糖才有這樣難。

然而我毫不抱怨，因為她過來收拾空碗時候忍著的得意的笑容，已盡夠賠償我的苦痛而有餘了。所以我這一夜雖然飽脹得睡不穩，又做了一大串惡夢，也還是祝讚她一生幸福，願世界為她變好。然而這些意思也不過是我的那些舊日的夢的痕跡，即刻就自笑，接著也就忘卻了。

「我先前並不知道她曾經為了一朵剪絨花挨打，但因為母親一說起，便也記得了蕎麥粉的事，意外的勤快起來了。我先在太原城裡搜求了一遍，都沒有；一直到濟南……」

窗外沙沙的一陣聲響，許多積雪從被他壓彎了的一枝山茶樹上滑下去了，樹枝筆挺的伸直，更顯出烏油油的肥葉和血紅的花來。天空的鉛色來得更濃，小鳥雀啾唧的叫著，大概黃昏將近，地面又全罩了雪，尋不出什麼食糧，都趕早回巢來休息了。

「一直到了濟南，」他向窗外看了一回，轉身喝乾一杯酒，又吸幾口菸，接著說。「我才買到剪絨花。我也不知道使她挨打的是不是這一種，總之是絨做的罷了。我也不知道她喜歡深色還是淺色，就買了一朵大紅的，一朵粉紅的，都帶到這裡來。

「就是今天午後，我一吃完飯，便去看長富，我為此特地耽擱了一天。他的家倒還在，只是看去很有些晦氣色了，但這恐怕不過是我自己的感覺。他的兒子和第二個女兒——阿昭，都站在門口，大了。阿昭長得全不像她姊姊，簡直像一個鬼，但是看見我走向她家，便飛奔的逃進屋裡去。我就問那小子，知道長富不在家。『你的大姊呢？』他立刻瞪起眼睛，連聲問我尋她什麼事，而且惡狠狠的似乎就要撲過來，咬我。我支吾著退走了，我現在是敷敷衍衍……

「你不知道，我可是比先前更怕去訪人了。因為我已經深知道自己之討厭，連自己也討厭，又何必明知故犯的去使人暗暗地不快呢？然而這回的差使是不能不辦妥的，所以想了一想，終於回到就在斜對門的柴店裡。店主的母親，老發奶奶，倒也還在，而且也還認識我，居然將我邀進店裡坐去了。我們寒暄幾句之後，我就說明瞭回到S城和尋長富的緣故。不料她歎息說：『可惜順姑沒有福氣戴這剪絨花了。』」

「她於是詳細的告訴我，說是『大約從去年春天以來，她就見得黃瘦，後來忽而常常下淚了，問她緣故又不說；

有時還整夜的哭，哭得長富也忍不住生氣，罵她年紀大了，發了瘋。可是一到秋初，起先不過小傷風，終於躺倒了，從此就起不來。直到咽氣的前幾天，才肯對長富說，她早就像她母親一樣，不時的吐紅和流夜汗。但是瞞著，怕他因此要擔心，有一夜，她的伯伯長庚又來硬借錢——這是常有的事——她不給，長庚就冷笑著說：你不要驕氣，你的男人比我還不如！她從此就發了愁，又怕羞，不好問，只好哭。長富趕緊將她的男人怎樣的掙氣的話說給她聽，那裡還來得及？況且她也不信，反而說：好在我已經這樣，什麼也不要緊了。』」

「她還說，『如果她的男人真比長庚不如，那就真可怕呵！比不上一個偷雞賊，那是什麼東西呢？然而他來送殮的時候，我是親眼看見他的，衣服很乾淨，人也體面；還眼淚汪汪的說，自己撐了半世小船，苦熬苦省的積起錢來聘了一個女人，偏偏又死掉了。可見他實在是一個好人，長庚說的全是誑。只可惜順姑竟會相信那樣的賊骨頭的誑話，白送了性命——但這也不能去怪誰，只能怪順姑自己沒有這一分好福氣。』」

「那倒也罷，我的事情又完了。但是帶在身邊的兩朵剪絨花怎麼辦呢？好，我就托她送了阿昭。這阿昭一見我就飛跑，大約將我當作一隻狼或是什麼，我實在不願意去送她——但是我也就送她了，母親只要說阿順見了喜歡的了不得就是。這些無聊的事算什麼？只要模模糊糊。模模糊糊的過了新年，仍舊教我的『子曰詩云』去。」

「你教的是『子曰詩云』麼？」我覺得奇異，便問。

「自然。你還以為教的是ABCD麼？我先是兩個學生，一個讀《詩經》，一個讀《孟子》。新近又添了一個，女的，讀《女兒經》。連算學也不教，不是我不教，他們不要教。」

「我實在料不到你倒去教這類的書……」

「他們的老子要他們讀這些，我是別人，無乎不可的。這些無聊的事算什麼？只要隨隨便便……」

他滿臉已經通紅，似乎很有些醉，但眼光卻又消沉下去了。我微微的歎息，一時沒有話可說。樓梯上一陣亂響，擁上幾個酒客來：當頭的是矮子，擁腫的圓臉；第二個是長的，在臉上很惹眼的顯出一個紅鼻子；此後還有人，一疊連的走得小樓都發抖。我轉眼去著呂緯甫，他也正轉眼來看我，我就叫堂倌算酒賬。

「你藉此還可以支援生活麼？」我一面準備走，一面問。

「是的——我每月有二十元，也不大能夠敷衍。」

「那麼，你以後預備怎麼辦呢？」

「以後？——我不知道。你看我們那時預想的事可有一件如意？我現在什麼也不知道，連明天怎樣也不知道，連後一分……」

堂倌送上賬來，交給我；他也不像初到時候的謙虛了，只向我看了一眼，便吸菸，聽憑我付了賬。

我們一同走出店門，他所住的旅館和我的方向正相反，就在門口分別了。我獨自向著自己的旅館走，寒風和雪片撲在臉上，倒覺得很爽快。見天色已是黃昏，和屋宇和街道都織在密雪的純白而不定的羅網裡。

（本篇發表於一九二四年五月《小說月報》第十五卷第五號）

跟隨小說家劉苙好，尋找故事裡對於物是人非、人事流轉的感受！

1 故事中的「我」認為自己「北方固不是我的舊鄉，但南來又只能算一個客子」，有哪些描寫呼應了這個想法？這種熟悉又陌生的感受，是否曾在你的生命經驗中發生過呢？

2 你認為緯甫後來的抑鬱不得志是因為什麼原因呢？他認為自己現在只是「模模糊糊」、「隨隨便便」的過日子，在他向「我」訴說的零碎故事中，有哪些段落看得出他哪裡

「變了」，又有哪些「不變」呢？

3 想要剪絨花的女孩順姑，她的死因中，有哪些是疾病之外的人為因素呢？

4 同樣是多年後面對故人舊識，〈在酒樓上〉與〈故鄉〉之間，主要讓人感到「物是人非」的分別是什麼？

5 對於什麼樣的人事物，你也曾有過「再也回不去了」的感覺呢？

【註解】

01 水含量很少、容易隨風吹散的雪。

STORY 05

祝福

舊曆的年底畢竟最像年底，村鎮上不必說，就在天空中也顯出將到新年的氣象來。灰白色的沉重的晚雲中間時時發出閃光，接著一聲鈍響，是送灶的爆竹；近處燃放的可就更強烈了，震耳的大音還沒有息，空氣裡已經散滿了幽微的火藥香。我是正在這一夜回到我的故鄉魯鎮的。雖說故鄉，然而已沒有家，所以只得暫寓在魯四老爺的宅子裡。他是我的本家，比我長一輩，應該稱之曰「四叔」，是一個講理學的老監生。他比先前並沒有什麼大改變，單是老了些，但也還末留鬍子，一見面是寒暄，寒暄之後說我「胖了」，說我「胖了」之後即大罵其新黨。但我知道，這並非借題在罵我：因為他所罵的還是康有為。但是，談話是總不投機的了，於是不多久，我便一個人剩在書房裡。

第二天我起得很遲，午飯之後，出去看了幾個本家和朋友；第三天也照樣。他們也都沒有什麼大改變，單是老了些；家中卻一律忙，都在準備著「祝福」。這是魯鎮年終的大典，致敬盡禮，迎接福神，拜求來年一年中的好運氣的。殺雞，宰鵝，買豬肉，用心細細的洗，女人的臂膊都在水裡浸得通紅，有的還帶著絞絲銀鐲子。煮熟之後，橫七豎八的插些筷子在這類東西上，可就稱為「福禮」了，五更天陳列起來，並且點上香燭，恭請福神們來享用，拜的卻只限於男人，拜完自然仍然是放爆竹。年年如此，家家如此──只要買得起福禮和爆竹之類的──今年自然也如此。天色越陰暗了，下午竟下起雪來，雪花大的有梅花那麼大，滿天飛舞，夾著煙靄和忙碌的氣色，將魯鎮亂成一團糟。我回到四叔的書房裡時，瓦楞上已經雪白，房裡也映得較光明，極分明的顯出壁上掛著的朱拓的大「壽」字，陳摶老祖寫的，一邊的對聯已經脫落，鬆鬆的捲了放在長桌上，一邊的還在，道是

「事理通達心氣和平」。我又無聊賴的到窗下的案頭去一翻，只見一堆似乎未必完全的《康熙字典》，一部《近思錄集注》和一部《四書襯》。無論如何、我明天決計要走了。

況且，一直到昨天遇見祥林嫂的事，也就使我不能安住。那是下午，我到鎮的東頭訪過一個朋友，走出來，就在河邊遇見她；而且見她瞪著的眼睛的視線，就知道明明是向我走來的。我這回在魯鎮所見的人們中，改變之大，可以說無過於她的了：五年前的花白的頭髮，即今已經全白，會不像四十上下的人；臉上瘦削不堪，黃中帶黑，而且消盡了先前悲哀的神色，彷彿是木刻似的；只有那眼珠間或一輪，還可以表示她是一個活物。她一手提著竹籃。內中一個破碗，空的；一手技著一支比她更長的竹竿，下端開了裂：她分明已經純乎是一個乞丐了。

我就站住，預備她來討錢。

「你回來了？」她先這樣問。

「是的。」

「這正好。你是識字的，又是出門人，見識得多。我正要問你一件事——」她那沒有精采的眼睛忽然發光了。

我萬料不到她卻說出這樣的話來，詫異的站著。

「就是——」她走近兩步，放低了聲音，極祕密似的切切的說，「一個人死了之後，究竟有沒有魂靈的？」

我很悚然，見她的眼釘著我，背上遭芒刺一般，比在學校遇到不及預防的臨時考，教師又偏站在身旁的時候，惶急得多了。對於魂靈有無，我向來毫不介意；但此刻，怎樣回答好呢？極短期的躊躇中，想，這裡的人照例相信鬼，然而她疑惑了——或者不如說希望：希望其有，又希望其無……何必增添末路的人的苦惱，一為她起見，不如說有罷。

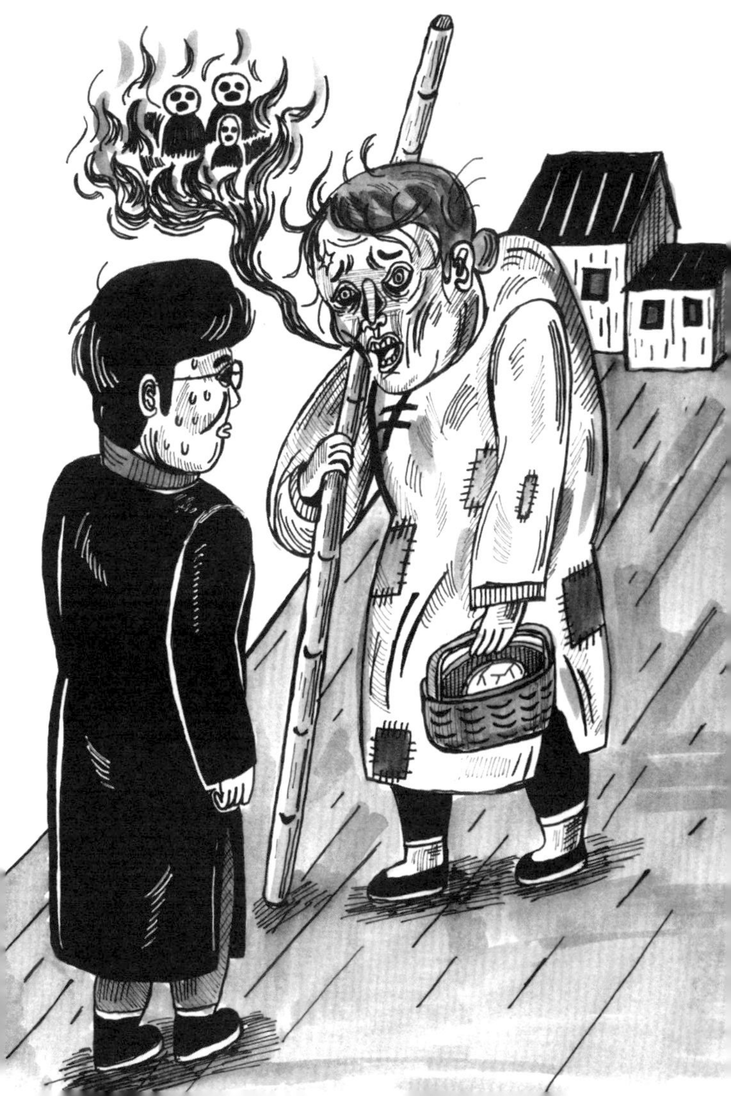

「也許有罷——我想。」我於是吞吞吐吐的說。

「那麼，也就有地獄了？」

「啊！地獄？」我很吃驚，只得支吾者，「地獄？——論理，就該也有——然而也未必……誰來管這等事……」

「那麼，死掉的一家的人，都能見面的？」

「唉唉，見面不見面呢？……」這時我已知道自己也還是完全一個愚人，什麼躊躇，什麼計畫，都擋不住三句問，我即刻膽怯起來了，便想全翻過先前的話來，「那是……實在，我說不清……其實，究竟有沒有魂靈，我也說不清。」

我乘她不再緊接的問，邁開步便走，匆匆的逃回四叔的家中，心裡很覺得不安逸。自己想，我這答話怕於她有些危險。她大約因為在別人的祝福時候，感到自身的寂寞了，然而會不會含有別的什麼意思的呢？——或者是有了什麼預感了？倘有別的意思，又因此發生別的事，則我的答活委實該負若干的責任……但隨後也就自笑，覺得偶爾的事，本沒有什麼深意義，而我偏要細細推敲，正無怪教育家要說是生著神經病；而況明明說過「說不清」，已經推翻了答話的全域，即使發生什麼事，於我也毫無關係了。

「說不清」是一句極有用的話。不更事的勇敢的少年，往往敢於給人解決疑問，選定醫生，萬一結果不佳，大抵反成了怨府，然而一用這說不清來作結束，便事事逍遙自在了。我在這時，更感到這一句話的必要，即使和討飯的女人說話，也是萬不可省的。

但是我總覺得不安，過了一夜，也仍然時時記憶起來，彷彿懷著什麼不祥的預感，在陰沉的雪天裡，在無聊的書房裡，這不安越加強烈了。不如走罷，明天進城去。福興樓的清燉魚翅，一元一大盤，價廉物美，現在不知增價了否？往日同遊的朋友，雖然已經雲散，然而魚翅是不可不吃的，即使只有我一個……無論如何，我明天決計要走了。

我因為常見些但願不如所料，以為未畢竟如所料的事，卻每每恰如所料的起來，所以很恐怕這事也一律。果然，特別的情形開始了。傍晚，我竟聽到有些人聚在內室裡談話，彷彿議論什麼事似的，但不一會，說話聲也就止了，只有四叔且走而且高聲的說：「不早不遲，偏偏要在這時候——這就可見是一個謬種！」

我先是詫異，接著是很不安，似乎這話於我有關係。試望門外，誰也沒有。好容易待到晚飯前他們的短工來沖茶，我才得了打聽消息的機會。

「剛才，四老爺和誰生氣呢？」我問。

「還不是和祥林嫂？」那短工簡捷的說。

「祥林嫂？怎麼了？」我又趕緊的問。

「老了。」

「死了？」我的心突然緊縮，幾乎跳起來，臉上大約也變了色，但他始終沒有抬頭，所以全不覺。我也就鎮定了自己，接著問：「什麼時候死的？」

「什麼時候？——昨天夜裡，或者就是今天罷——我說不清。」

「怎麼死的？」

「怎麼死的？——還不是窮死的？」他淡然的回答，仍然沒有抬頭向我看，出去了。

然而我的驚惶卻不過暫時的事，隨著就覺得要來的事，已經過去，並不必仰仗我自己的「說不清」和他之所謂「窮死的」的寬慰，心地已經漸漸輕鬆；不過偶然之間，還似乎有些負疚。晚飯擺出來了，四叔儼然的陪著。我也還想打聽些關於祥林嫂的消息，但知道他雖然讀過「鬼神者二氣之良能也」而忌諱仍多，當臨近祝福時候，是萬不可提起死亡疾病之類的話，倘不得已，就該用替代的隱語，可惜我又不知道，因此屢次想問，而終於中止了。我從他儼然的臉色上，又忽而疑他正以為我不早不遲，偏要在這時候來打攪他，也是一個謬種，便立刻告訴他明天要離開魯鎮，進城去，趁早放寬他的心。他也不很留。這樣悶悶吃完了一餐飯。

冬季日短，又是雪天，夜色早已籠罩了全市鎮。人們都在燈下匆忙，但窗外很寂靜。雪花落在積得厚厚的雪褥上面，聽去似乎瑟瑟有聲，使人更加感得沉寂。我獨坐在發出黃光的菜油燈下，想，這百無聊賴的祥林嫂，被人們棄在塵芥堆中的，看得厭倦了的陳舊的玩物，先前還將形骸露在塵芥裡，從活得有趣的人們看來，恐怕要怪訝她何以還要存在，現在總算被無常打掃得於乾淨淨了。魂靈的有無，我不知道；然而在現世，則無聊生者不生，即使厭見者不見，為人為己，也還都不錯。我靜聽著窗外似乎瑟瑟作響的雪花聲，一面想，反而漸漸的舒暢起來。

然而先前所見所聞的她的半生事蹟的斷片，至此也聯成一片了。

她不是魯鎮人。有一年的冬初，四叔家裡要換女工，做中人[01]的衛老婆子帶她進來了，頭上紮著白頭繩，烏裙，藍夾襖，月白背心，年紀大約二十六七，臉色青黃，但兩頰卻還是紅的。衛老婆子叫她祥林嫂，說是自己母家的鄰舍，死了當家人，所以出來做工了。四叔皺了皺眉，四嬸已經知道了他的意思，是在討厭她是一個寡婦。但是她模樣還周正，手腳都壯大，又只是順著限，不開一句口，很像一個安分耐勞的人，便不管四叔的皺眉，將她留下了。試工期內，她整天的做，似乎閒著就無聊，又有力，簡直抵得過一個男子，所以第三天就定局，每月工錢五百文。

大家都叫她祥林嫂；沒問她姓什麼，但中人是衛家山人，既說是鄰居，那大概也就姓衛了。她不很愛說話，別人問了才回答，答的也不多。直到十幾天之後，這才陸續的知道她家裡還有嚴厲的婆婆，一個小叔子，十多歲，能打柴了；她是春天沒了丈夫的；他本來也打柴為生，比她小十歲：大家所知道的就只是這一點。

日子很快的過去了，她的做工卻毫沒有懈，食物不論，力氣是不惜的。人們都說魯四老爺家裡雇著了女工，實在比勤快的男人還勤快。到年底，掃塵，洗地，殺雞，宰鵝，徹夜的煮福禮，全是一人擔當，竟沒有添短工。然而她反滿足，口角邊漸漸的有了笑影，臉上也白胖了。

新年才過，她從河邊淘米回來時，忽而失了色，說剛才遠遠地看見幾個男人在對岸徘徊，很像夫家的堂伯，恐怕是正在尋她而來的。四嬸很驚疑，打聽底細，她又不說。四叔一知道，就皺一皺眉，道：「這不好。恐怕她是逃出來的。」

她誠然是逃出來的，不多久，這推想就證實了。

此後大約十幾天，大家正已漸漸忘卻了先前的事，衛老婆子忽而帶了一個三十多歲的女人進來了，說那是祥林嫂的婆婆。那女人雖是山裡人模樣，然而應酬很從容，說話也能幹，寒暄之後，就賠罪，說她特來叫她的兒媳回家去，因為開春事務忙，而家中只有老的和小的，人手不夠了。

「既是她的婆婆要她回去，那有什麼可說呢。」四叔說。

於是算清了工錢，一共一千七百五十文，她全存在主人家，一文也還沒有用，便都交給她的婆婆。那女人又取了衣服，道過謝，出去了。其時已經是正午。

「啊呀，米呢？祥林嫂不是去淘米的麼？……」好一會，四嬸這才驚叫起來。她大約有些餓，記得午飯了。

於是大家分頭尋淘籮。她先到廚下，次到堂前，後到臥房，全不見掏籮的影子。四叔踱出門外，也不見，一直到河邊，才見平平正正的放在岸上，旁邊還有一株菜。

看見的人報告說，河裡面上午泊了一隻白篷船，篷是全蓋起來的，不知道什麼人在裡面，事前也沒有人去理會他。待到祥林嫂出來淘米，剛剛要跪下去，船裡便突然跳出兩個男人來，像是山裡人，一個抱住她，一個幫著，拖進船去了。

祥林嫂還哭喊了幾聲，此後便再沒有什麼聲息，大約給用什麼堵住了罷。接著就走上兩個女人來，一個不認識，一個就是衛婆子。窺探艙裡，不很分明，她像是捆了躺在船板上。

「可惡！然而……」四叔說。

這一天是四嬸自己煮中飯；他們的兒子阿牛燒火。

午飯之後，衛老婆子又來了。

「可惡！」四叔說。

「你是什麼意思？虧你還會再來見我們。」四嬸洗著碗，一見面就憤憤的說，「你自己薦她來，又合夥劫她去，鬧得沸反盈天的，大家看了成個什麼樣子？你拿我們家裡開玩笑麼？」

「啊呀啊呀，我真上當。我這回，就是為此特地來說說清楚的。她來求我薦地方，我那裡料得到是瞞著她的婆婆的呢。對不起，四老爺，四太太。總是我老發昏不小心，對不起主顧。幸而府上是向來寬宏大量，不肯和小人計較的。這回我一定薦一個好的來折罪……」

「然而……」四叔說。

於是祥林嫂事件便告終結，不久也就忘卻了。

只有四嫂，因為後來雇用的女工，大抵非懶即饞，或者饞而且懶，左右不如意，所以也還提起祥林嫂。每當這些時候，她往往自言自語的說，「她現在不知道怎麼樣了？」意思是希望她再來。但到第二年的新正，她也就絕了望。

新正將盡，衛老婆子來拜年了，已經喝得醉醺醺的，自說因為回了一趟衛家山的娘家，住下幾天，所以來得遲了。她們問答之間，自然就談到祥林嫂。

「她麼？」衛若婆子高興的說，「現在是交了好運了。她婆婆來抓她回去的時候，是早已許給了賀家坳的賀老六的，所以回家之後不幾天，也就裝在花轎裡抬去了。」

「啊呀，這樣的婆婆！……」四嬸驚奇的說。

「啊呀，我的太太！你真是大戶人家太太的話。我們山裡人，小戶人家，這算得什麼？她有小叔子，也得娶老婆。不嫁了她，那有這一注錢來做聘禮？他的婆婆倒是精明強幹的女人呵，很有打算，所以就將她嫁到裡山去。倘許給本村人，財禮就不多；唯獨肯嫁進深山野坳裡的女人少，所以她就到手了八十千。現在第二個兒子的媳婦也娶進了，財禮花了五十，除去辦喜事的費用，還剩十多千。嚇，你看，這多麼好打算？……」

「祥林嫂竟肯依？……」

「這有什麼依不依──鬧是誰也總要鬧一鬧的，只要用繩子一捆，塞在花轎裡，抬到男家，捺上花冠，拜堂，關上房門，就完事了。可是祥林嫂真出格，聽說那時實在鬧得利害，大家還都說大約因為在念書人家做過事，所以與眾不同呢。太太，我們見得多了：回頭人出嫁，哭喊的也有，說要尋死覓活的也有，抬到男家鬧得拜不成天地的也有，連花燭都砸了的也有。祥林嫂可是異乎尋常，他們說她一路只是嚎，罵，抬到賀家坳，喉嚨已經全啞了。拉出轎來，兩個男人和她的小叔子使勁捺住她也還拜不成天地。他們一不小心，一鬆手，啊呀，阿彌陀佛，她一頭撞在香案角上，頭上碰了個大窟窿，鮮血直流，用了兩把香灰，包上兩塊紅布還止不住血。直到七手八腳的將她和男人反關在新房裡，還是罵，啊呀呀，這真是……」她搖一搖頭，順下眼睛，不說了。

「後來怎麼樣呢？」四嬸還問。

「聽說第二天也沒有起來。」她抬起眼來說。

「後來呢？」

喜喜

「後來？——起來了。她到年底就生了一個孩子，男的，新年就兩歲了。我在娘家這幾天，就有人到賀家㘭去，回來說看見他們娘兒倆，母親也胖，兒子也胖；上頭又沒有婆婆，男人所有的是力氣，會做活；房子是自家的——唉唉，她真是交了好運了。」

從此之後，四嬸也就不再提起祥林嫂。

但有一年的秋季，大約是得到祥林嫂好運的消息之後的又過了兩個新年，她竟又站在四叔家的堂前了。桌上放著一個荸薺式的圓籃，簷下一個小鋪蓋。她仍然頭上紮著白頭繩，烏裙，藍夾襖，月白背心，臉色青黃，只是兩頰上已經消失了血色，順著眼，眼角上帶些淚痕，眼光也沒有先前那樣精神了。而且仍然是衛老婆子領著，顯出慈悲模樣，絮絮的對四嬸說：「……這實在是叫作『天有不測風雲』，她的男人是堅實人，誰知道年紀輕輕，就會斷送在傷寒上？本來已經好了的，吃了一碗冷飯，復發了。幸虧有兒子；她又能做，打柴摘茶養蠶都來得，本來還可以守著，誰知道那孩子又會給狼銜去的呢？春天快完了，村上倒反來了狼，誰料到？現在她只剩了一個光身了。大伯來收屋，又趕她。她真是走投無路了，只好來求老主人。好在她現在已經再沒有什麼牽掛，太太家裡又湊巧要換人，所以我就領她來——我想，熟門熟路，比生手實在好得多……」

「我真傻，真的，」祥林嫂抬起她沒有神采的眼睛來，接著說。「我單知道下雪的時候野獸在山坳裡沒有食吃，會到村裡來；我不知道春天也會有。我一清早起來就開了門，拿小籃盛了一籃豆，叫我們的阿毛坐在門檻上剝豆去。他是很聽話的，我的話句句聽；他出去了。我就在屋後劈柴，淘米，米下了鍋，要蒸豆。我叫阿毛，沒有應，出去口看，只見豆撒得一地，沒有我們的阿毛了。他是不到別家去玩的；各處去一問，果然沒有。我急了，央人出去尋。直到下半天，尋來尋去尋到山坳裡，看見刺柴上掛著一隻他的小鞋。大家都說，糟了，怕是遭了狼了。再進去；他果然躺在草窠裡，肚裡的五臟已經都給吃空了，手上還緊緊的捏著那只小籃呢……」她接著但是嗚咽，說不出成句的話來。

四嬸起刻還躊躇，待到聽完她自己的話，眼圈就有些紅了。她想了一想，便教拿圓籃和鋪蓋到下房去。衛老婆子彷彿卸了一肩重相似的噓一口氣，祥林嫂比初來時候神氣舒暢些，不待指引，自己馴熟的安放了鋪蓋。她從此又在魯鎮做女工了。

大家仍然叫她祥林嫂。

然而這一回，她的境遇卻改變得非常大。上工之後的兩三天，主人們就覺得她手腳已沒有先前一樣靈活，記性也壞得多，死屍似的臉上又整日沒有笑影，四嬸的口氣上，已頗有些不滿了。當她初到的時候，四叔雖然照例皺過眉，但鑒於向來雇用女工之難，也就並不大反對，只是暗暗地告誡四姑說，這種人雖然似乎很可憐，但是敗壞風俗的，用她幫忙還可以，祭祀時候可用不著她沾手，一切飯菜，只好自己做，否則，不乾不淨，祖宗是不吃的。

四叔家裡最重大的事件是祭祀，祥林嫂先前最忙的時候也就是祭祀，這回她卻清閒了。桌子放在堂中央，繫上桌幃，她還記得照舊的去分配酒杯和筷子。

「祥林嫂，你放著罷！我來擺。」四嬸慌忙的說。

她訕訕的縮了手，又去取燭台。

「祥林嫂，你放著罷！我來拿。」四嬸又慌忙的說。

她轉了幾個圓圈，終於沒有事情做，只得疑惑的走開。她在這一天可做的事是不過坐在灶下燒火。

鎮上的人們也仍然叫她祥林嫂，但音調和先前很不同；也還和她講話，但笑容卻冷冷的了。她全不理會那些事，只是直著眼睛，和大家講她自己日夜不忘的故事：「我真傻，真的，」她說，「我單知道雪天是野獸在深山裡沒有食吃，會到村裡來；我不知道春天也會有。我一大早起來就開了門，拿小籃盛了一籃豆，叫我們的阿毛坐在門檻上剝豆去。他是很聽話的孩子，我的話句句聽；他就出去了。我就在屋後劈柴，淘米，米下了鍋，打算蒸豆。我叫，『阿毛！』沒有應。出去一看，只見豆撒得滿地，沒有我們的阿毛了。各處去一向，都沒有。我急了，央人去尋去。直到下半天，幾個人尋到山坳裡，看見刺柴上掛著一隻他的小鞋。大家都說，完了，怕是遭了狼了；再進去；果然，他躺在草窠裡，肚裡的五臟已經都給吃空了，可憐他手裡還緊緊的捏著那只小籃呢……」她於是淌下眼淚來，聲音也嗚咽了。

這故事倒頗有效，男人聽到這裡，往往斂起笑容，沒趣的走了開去；女人們卻不獨寬恕了她似的，臉上立刻改換了鄙薄的神氣，還要陪出許多眼淚來。有些老女人沒有在街頭聽到她的話，便特意尋來，要聽她這一段悲慘的故事。直到她說到嗚咽，她們也就一齊流下那停在眼角上的眼淚，歎息一番，滿足的去了，一面還紛紛的評論著。

她就只是反復的向人說她悲慘的故事，常常引住了三五個人來聽她。但不久，大家也都聽得純熟了，便是最慈悲的念佛的老太太們，眼裡也再不見有一點淚的痕跡。後來全鎮的人們幾乎都能背誦她的話，一聽到就煩厭得頭痛。

「我真傻，真的，」她開首說。

「是的，你是單知道雪天野獸在深山裡沒有食吃，才會到村裡來的。」他們立即打斷她的話，走開去了。

她張著口怔怔的站著，直著眼睛看他們，接著也就走了，似乎自己也覺得沒趣。但她還妄想，希圖從別的事，如小籃，豆，別人的孩子上，引出她的阿毛的故事來。倘一看見兩三歲的小孩子，她就說：「唉唉，我們的阿毛如果還在，也就有這麼大了……」

孩子看見她的眼光就吃驚，牽著母親的衣襟催她走。於是又只剩下她一個，終於沒趣的也走了，後來大家又都知道她的脾氣，只要有孩子在眼前，便似笑非笑的先問她，道：

「祥林嫂，你們阿毛如果還在，不是也就有這麼大了麼？」

她未必知道她的悲哀經大家咀嚼賞鑒了許多天，早已成為渣滓，只值得煩厭和唾棄；但從人們的笑影上，也彷彿覺得這又冷又尖，自己再沒有開口的必要了。她單是一瞥他們，並不回答一句話。

魯鎮永遠是過新年，臘月二十以後就火起來了。四叔家裡這回須雇男短工，還是忙不過來，另叫柳媽做幫手，殺雞，宰鵝；然而柳媽是善女人，吃素，不殺生的，只肯洗器皿。祥林嫂除燒火之外，沒有別的事，卻閒著了，坐著只看柳媽洗器皿。微雪點點的下來了。

「唉唉，我真傻。」祥林嫂看了天空，獨語似的說。

「祥林嫂，你又來了。」柳媽不耐煩的看著她的臉，說。「我問你：你額角上的傷痕，不就是那時撞壞的麼？」

「唔唔。」她含糊的回答。

「我問你：你那時怎麼後來竟依了呢？」

「我麼？……」，「你呀。我想：這總是你自己願意了，不然……」

「啊啊，你不知道他力氣多麼大呀。」

「我不信。我不信你這麼大的力氣，真會拗他不過。你後來一定是自己肯了，倒推說他力氣大。」

「啊啊，你……你倒自己試試著。」她笑了。

柳媽的打皺的臉也笑起來，使她蹙縮得像一個核桃，乾枯的小眼睛一看祥林嫂的額角，又釘住她的眼。祥林嫂似很侷促了，立刻斂了笑容，旋轉眼光，自去看雪花。

「祥林嫂，你實在不合算。」柳媽詭祕的說。「再一強，或者索性撞一個死，就好了。現在呢，你和你的第二個男人過活不到兩年，倒落了一件大罪名。你想，你將來到陰司去，那兩個死鬼的男人還要爭，你給了誰好呢？閻羅大王只好把你鋸開來，分給他們。我想，這真是……」

她臉上顯出恐怖的神色，這是在山村裡所未曾知道的。

「我想，你不如及早抵當。你到土地廟裡去捐一條門檻，當作你的替身，給千人踏，萬人跨，贖了這一世的罪名，免得死了去受苦。」

她當時並不回答什麼話，但大約非常苦悶了，第二天早上起來的時候，兩眼上便都圍著大黑圈。早飯之後，她便到鎮的西頭的土地廟裡去求捐門檻，廟祝起初執意不允許，直到她急得流淚，才勉強答應了。價目是大錢十二千。她久已不和人們交口，因為阿毛的故事是早被大家厭棄了的；但自從和柳媽談了天，似乎又即傳揚開去，許多人都發生了新趣味，又來逗她說話了。至於題目，那自然是換了一個新樣，專在她額上的傷疤。

「祥林嫂，我問你：你那時怎麼竟肯了？」一個說。

「唉，可惜，白撞這一下。」一個看著她的疤，應和道。

她大約從他們的笑容和聲調上，知道是在嘲笑她，所以總是瞪著眼睛，不說一句話，後來連頭也不回了。她整日緊閉嘴唇，頭上帶著大家以為恥辱的記號的那傷痕，默默的跑街，掃地，洗菜，淘米。快夠一年，她才從四嬸手裡支取了歷來積存的工錢，換算了十二元鷹洋02，請假到鎮的西頭去。但不到一頓飯時候，她便回來，神氣很舒暢，眼光也分外有神，高興似的對四嬸說，自己已經在土地廟捐了門檻了。

冬至的祭祖時節，她做得更出力，看四嬸裝好祭品，和阿牛將桌子抬到堂屋中央，她便坦然的去拿酒杯和筷子。

「你放著罷，祥林嫂！」四嬸慌忙大聲說。

她像是受了炮烙似的縮手，臉色同時變作灰黑，也不再去取燭台，只是失神的站著。直到四叔上香時，教她走開，她才走開。這一回她的變化非常大，第二天，不但眼睛窈陷下去，精神也更不濟了。而且很膽怯，不獨怕暗夜，怕黑影，即使看見人，雖是自己的主人，也總惴惴的，有如在白天出穴遊行的小鼠，否則呆坐著，直是一個木偶人。不半年，頭髮也花白起來，記性尤其壞，甚而至於常常忘卻了去淘米。

「祥林嫂怎麼這樣了？倒不如那時不留她。」四嬸有時當面就這樣說，似乎是警告她。

然而她總如此，全不見有伶俐起來的希望。他們於是想打發她走了，教她回到衛老婆子那裡去。但當我還在魯鎮的時候，不過單是這樣說；看現在的情狀，可見後來終於實行了。然而她是從四叔家出去就成了乞丐的呢，還是先到衛老婆子家然後再成乞丐的呢？那我可不知道。

我給那些因為在近旁而極響的爆竹聲驚醒，看見豆一般大的黃色的燈火光，接著又聽得畢畢剝剝的鞭炮，是四叔家正在「祝福」了；知道已是五更將近時候。我在朦朧中，又隱約聽到遠處的爆竹聲連綿不斷，似乎合成一天音響的濃雲，夾著團團飛舞的雪花，擁抱了全市鎮。我在這繁響的擁抱中，也懶散而且舒適，從白天以至初夜的疑慮，全給祝福的空氣一掃而空了，只覺得天地聖眾歆享了牲醴和香菸，都醉醺醺的在空中蹣跚，預備給魯鎮的人們以無限的幸福。

（本篇發表於一九二四年三月《東方雜誌》第二十一卷第六號）

跟隨小說家劉芷妤，進入故事與角色，試著感同身受並且學習換位思考！

1 故事的開始和結尾都描寫了魯鎮上的「祝福」氣氛，讀完整個故事後，你認為一開始對於「祝福」的冷淡氛圍與故事最末顯得有些歡慶的氣氛，有什麼用意呢？

2 故事中的祥林嫂對「我」提出問題，「我」含糊回應後，擔心她的問題「會不會含有別的意思」，你認為「我」擔心的可能是哪些事呢？後來又用「說不清」來安慰自己？

3「怎麼死的？——還不是窮死的？」」這句話怎麼解釋？又如何解釋說出這句話的人「淡然」的態度呢？

4 祥林嫂二度喪夫喪子後回到鎮上，對她的遭遇何以從一開始同情，到不耐煩，最後甚至主動拿來奚落嘲弄呢？

5 請試著站在祥林嫂的立場思考，如果你是她，在那樣的環境裡，有沒有可能改變任何一個環節呢？接著也請你站在旁人的角度來思考，如果你是這故事裡任何一個角色，在祥林嫂的悲劇中能做什麼來稍減她的痛苦呢？

【註解】

01 意指中間人。

02 鴉片戰爭後，中國淪為半殖民地半封建社會，列強廣設銀行，發行紙幣、銀元等展開經濟侵略，清廷原已不完善的銀兩銅錢貨幣體系，很快崩潰。到了清朝中後期，民間流通的金銀貨幣，基本都是外國貨幣，又稱「洋錢」，常見如「墨西哥銀元」（即「鷹洋」）。

直指人性的黑暗

創作背景解析

暨南國際大學歷史系副教授
翁稷安

回顧中國近現代思想文化史，魯迅的重要性無庸置疑。他筆下的字字句句，無論小說、散文、詩歌、雜文、譯文甚或學術研究，皆改變著他所身處的時代，啟發了後世一代又一代不同背景的讀者。相較和他同期的中國思想家或創作者，多數逐漸為歲月的沉積所掩埋，染上了古舊的色彩，魯迅筆下的文字卻始終能跳脫時空的限制，持續發光發熱。

之所以如此，或許在於他始終無畏地直視他人與自我的靈魂。自言「橫眉冷對千夫指」的魯迅，總是以敏銳而纖細的筆調，對亂世裡的人物與事件做出毫不留情的指責與批判，並跳脫表象，直指事物的核心。不僅對時代提出諍言，也血淋淋地挖掘出人心永恆的迷惘與徬徨。

魯迅於一八八一年出生在浙江紹興，離一八四零年的鴉片戰爭已經四十多年經過，數度敗給西方列強後，清帝國推動一系列「師夷長技以制夷」的改革運動，不幸一八九五年的中日甲午戰爭再次敗戰，官方的改革證明失敗，強烈的亡國感籠罩著中國。誠如清末大臣李鴻章在奏摺中所形容，這一系列軍事上失利，開啟了中國「數千年來未有之變局」。最初還可以將問題的癥結歸咎於清帝國的顢頇無能，以改朝換代的政治革命為解答，然而在中華民國成立之後，情況仍每況愈下，人們才驚覺橫阻在中國和現代化國家之間的，可能是傳統中國在文化和價值觀上的保守與落後。尤其對於許多接受西方新式教育的青年，「傳統」的桎梏成為他們誓言打倒的敵人，他們以當時的新興期刊為基地，發表對舊中國的攻擊，激盪出一九一五年的「新文化運動」。

魯迅的成長歷程，正呼應著這條時代的軸線。他出生時家道已經中落，父親又在他青少年時去世，兒時家庭抑鬱氣氛，影響著他一生的性格。因為經濟的困窘，他被迫離鄉輾轉各處以完成學業，天資聰敏的他，在一九零二年爭取到了留學日本習醫的機會。但一次課堂上，魯迅意外觀看了日俄戰爭的幻燈片，目睹了中國人圍觀日軍處決同為中國人畫面，面對鏡頭裡眾人的麻木不仁，他意識到中國需要的是心理和精神的改變，於是棄醫習文，並和革命黨人多所互動。

回國後魯迅在北洋政府擔任公務員，度過了一段意氣消沉的時期，少有創作，直到受到新文化運動的年輕知識分子的鼓動。一九一八年已過三十的他首次以魯迅為筆名在《新青年》上發表了小說〈狂人日記〉，之後又在一九二一年發表中篇小說〈阿Q正傳〉，兩者皆收入在日後的小說集《吶喊》裡。前者強調傳統中國上層的宗法和禮教制度對人的壓迫，後者則創造出阿Q這樣一位習於自我安慰的小人物，描繪底層人民的渾渾噩噩不思覺悟，兩者合觀，可以說由上到下徹底地批判了傳統中國。

在〈狂人日記〉和〈阿Q正傳〉這類批判或宣示意味明顯小說外，在短篇小說的經營上，魯迅偏重對於人物情感的描寫，並時時以故鄉的人事物為描摹的對象，本書所收錄的〈明天〉、〈藥〉、〈故鄉〉都是很好的例子，那細膩的情緒比起直接的攻擊，更能讓人感受身處在舊中國下層人民的無奈。特別是〈故鄉〉一篇那傷感的筆觸，延續到之後出版的小說集《徬徨》，如〈在酒樓上〉和〈祝福〉，以近乎私小說意味的表現手法，傳達著某種失落的哀傷。

小說中厚重的哀傷，絕非出於懷舊的強說愁，而是對著眼下氣氛的捕捉。新文化運動所點燃的火花，在一九二零年代高壓的政治氣氛已趨於幻滅。寫於一九二零年代中期的散文詩集《野草》，同樣傳達了在希望與失望反覆徘徊、苦苦掙扎的意境，呈現出魯迅剛毅外貌之下，靈魂深處潛藏的虛無與絕望。此外，從一九二零年代開始，魯迅大量撰寫小篇幅的雜文，除了改編中國經典的《故事新編》外，不再從事小說寫作。這些雜文大半針對時事而發，隨著一九三零年代魯迅對政治積極的參與，尤其對左翼運動的投入，雜文集成為他生涯後半寫作的主力。這些淺白的文字看似偏頗或情緒，但依舊難以掩蓋魯迅的才氣，也處處體現著他一貫淑世的熱情，也再次切合當時走向激進化和主義化的政治樣態。

魯迅曾在一場演講中提及他對知識階級的看法，他說道：「他們對於社會永不會滿意的，所感受的永遠是痛苦，所看到的永遠是缺點，他們預備著將來的犧牲，社會也因為有了他們而熱鬧，不過他的本身——心身方面總是苦痛的；因為這也是舊式社會傳下來的遺物。」這短短數語，幾乎可以說是魯迅的夫子自道，如同反作用力一般，改變世界的使命感，喚起了希望和熱情，卻也帶來失落的痛苦和落寞。傳統是革命者攻擊的對象，但革命者又無一不受出身的傳統所影響。誠實的魯迅從來不曾遮掩那改革者日日所面對的黑暗與矛盾，直視在黑暗泥淖糾結後的昇華或墮落。

他和無數中國近現代的改革者一樣，面對著西方現代化所帶來的衝擊，他將變革的焦點置於對人們的心靈與精神世界，他不只選擇和他人內心的昏庸和卑怯戰鬥，並不時重返自己內心，藉由對回憶和現狀的省視，將心底正負能量對峙、糾結的煎熬呈現在世人面前。

這種內外無畏的戰鬥，才是魯迅受人景仰的關鍵，他的偉大無關乎政治人物有心操弄的加冕，而是觸及了人性共通的明與暗。

翁稷安——原籍嘉義縣義竹鄉，生長於台北。歷史學學徒，現為暨南國際大學歷史系副教授，另經營 Podcast 節目《大衛鮑魚在火星》。努力尋求學院內／外生活平衡的可能。

魯迅

作家年表

年表整理
翁稷安

一八八一年

——九月二十五日（農曆八月三日）出生於浙江紹興。

一八九六年

——父親病逝，原本中落的家道，經濟上更為窘迫，魯迅只能離鄉輾轉各處以完成學業。

一九零二年

——往日本留學，入東京弘文書院學習日語。

一九零四年

——於弘文書院結業，轉赴仙台醫學專門學校求學。

一九零六年

——於課堂上見日俄戰爭幻燈片，看到中國人圍觀同為中國人被處決的漠然，毅然棄醫從文，前往東京從事藝文活動。

一九零九年

——結束日本留學生活回國，於各地以教職維生。

一九一二年

——於南京教育部任職，除一九一七年因為張勳復辟，短暫憤而離職外，皆在教育部工作。

一九一八年

——以魯迅為筆名，在陳獨秀創辦的《新青年》上發表〈狂人日記〉，開始在《新青年》和其他報章媒體，陸續發表一系列的雜文和小說。

一九一九年

——小說〈藥〉寫成，發表在《新青年》第六卷第五號。

——小說〈明天〉寫成，發表在傅斯年主編的北京《新潮》。

一九二一年

——小說〈故鄉〉寫成，發表於《新青年》第九卷第一號。

——中篇小說〈阿Q正傳〉寫成，並於十二月開始在北京《晨報副刊》連載至次年二月十二日完畢。

一九二三年

——出版小說集《吶喊》。

一九二四年

——小說〈祝福〉寫成，發表於《東方雜誌》第二十一卷第六號。

——小說〈在酒樓上〉寫成，發表於《小說月報》第十五卷第五號。

——十一月，《語絲》週刊創刊，魯迅為發起人與主要撰稿人。

一九二六年

——因聲援學生，為文譴責段祺瑞政府在三一八慘案中槍殺請願學生，遭北洋政府通緝，被迫於各處避難。八月小說集《彷徨》出版，並應廈門大學之邀，前往該校任職，正式離開北京。

一九二七年

——於許廣平同居。因不滿廈大腐敗，改赴廣州中山大學任教，不久又因營救被捕的進步學生未果，於中山大學離職，轉赴上海。許廣平皆一路相伴。

一九二九年

——子周海嬰出生。

一九三零年

——中國左翼作家聯盟成立，被選為執行委員，積極參與左聯事務。

一九三一年

——一九三一年九一八事變和一九三二年一二八事變接連爆發，日本流露侵華的野心，於媒體抨擊日本帝國主義，並參與相關組織發表聲明。

一九三六年

——三月身體不適，確診為肺結核末期，體重急降至三十七公斤，此後身體狀況時好時壞。十月十九日病勢轉劇，於五時二十五分病逝上海。

言寺 87 青春選讀！！魯迅 短篇小說選

作　　者　魯迅
總 編 輯　陳夏民
插畫繪製　目前勉強
責任編輯　達瑞
設　　計　達瑞

出　　版　逗點文創結社
地　　址　330 桃園市中央街 11 巷 4-1 號
信　　箱　commabooks@gmail.com
電　　話　03-335-9366

總 經 銷　知己圖書股份有限公司
台北公司　台北市 106 大安區辛亥路一段 30 號 9 樓
電　　話　02-2367-2044
傳　　真　02-2363-5741
台中公司　台中市 407 工業區 30 路 1 號
電　　話　04-2359-5819
傳　　真　04-2359-7123

製　　版　軒承彩色印刷製版有限公司
印　　刷　通南彩色印刷有限公司
裝　　訂　智盛裝訂股份有限公司
倉　　儲　方言文化出版集團

ISBN　978-626-96990-7-0
初版 1 刷　2023 年 7 月
定　　價　280 元

國家圖書館出版品預行編目（CIP）資料｜青春選讀！！魯迅短篇小說選／魯迅 作．初版．桃園市：逗點文創結社 2023.7　232 面；10.5×14.5 公分（言寺；87）ISBN 978-626-96990-7-0（平裝） 857.63　112009400

青春選讀

魯迅